ドキュメント日蓮

竜の口法難の一日

鏑矢光和

第三文明社

竜の口法難の一日◉目次

一昨日御書　3
祈雨合戦　29
行敏訴状　65
讒言　87
第五の巻　115
日本国の柱　141
八幡大菩薩　165
ひかりもの　187
あとがき　213

一昨日御書

ところどころに黄色の衣を纏《まと》った木々や草が露《つゆ》を含み、昇ったばかりの朝日に照らされて、きらきらと輝いている。ひとしきり鳴いていた朝鳥の声もやんで、松葉ケ谷《まつばがやつ》は静かに夜明けを迎えた――。

だが、その静寂《しじま》は間もなく、朗々たる読経《どきょう》の声で破られた。この地に草庵《そうあん》を営む日《にち》蓮《れん》と門下たちによる朝の勤行《ごんぎょう》が始まったのだ。

文永《ぶんえい》八年（一二七一）九月十二日、旧暦のこの日は、今日の太陽暦では十月二十四日に当たる。秋も深まりつつあった。

半刻《はんとき》（約一時間）ほどの勤行を終えると、日蓮は紙と硯《すずり》とを取り寄せ、書状を認《したた》め始めた。

「一昨日見参《けんざん》に罷入《まかりいり》候《そうろう》の条悦《よろこ》び入り候」

日蓮の筆勢は強く、躍動感に溢《あふ》れている。書状の相手は、平左衛門尉頼綱《へいのさえもんのじょうよりつな》。執権《しっけん》北条時宗《ほうじょうときむね》の側近として近年頭角《とうかく》を現してきた得宗《とくそう》家被官である。

得宗とは、鎌倉幕府第二代執権の北条義時《よしとき》の法号が徳宗であったことから、その嫡《ちゃく》流《りゅう》を得宗家と称するようになった。時の執権北条時宗は得宗時頼《ときより》の嫡子であり、義時の玄孫《げんそん》（孫の孫）に当たる。平左衛門尉頼綱は、この得宗家の家臣で、時宗に近侍《きんじ》し、また侍所《さむらいどころ》の奉行の一人として、幕政の一角を担《にな》う存在となっていた。

日蓮は二日前の九月十日、評定《ひょうじょう》衆会議の決定により幕府に召喚《しょうかん》され、平左衛門尉と対面していた。

「僧日蓮、その方日頃《ひごろ》より不穏の言動ありとて、幕府引付方《ひきつけがた》にて御詮議《せんぎ》いたした結果、事の真偽《しんぎ》について、当人に直接問い質《ただ》すこととあいなった。執権殿直々《じきじき》の命により、それがし平左衛門尉頼綱が同席いたし、取り調べに立ち会う。すべてつつみ隠さず、ありていに申し上げるよう」

立烏帽子《たてえぼし》に直垂《ひたたれ》、長袴《ながばかま》、いずれも濃紺に染めあげられた盛装《せいそう》に威儀《いぎ》を正した頼綱が、自《みずか》らの職責の重大さを強調するかのように、ゆっくりと、重々しい口調で語り、一段高い板間から軽く日蓮を睨《ね》め据《す》えた。

「この日蓮は不肖《ふしょう》ながら、生をこの土に受け、日本国を思う者。その忠心にかけては、御身《おんみ》ら鎌倉武士にいささかも劣るものではない。それがしに不穏の言動ありと申されたが、我が身にやましきことはいささかもなければ、何なりとお尋《たず》ねありたい」

薄墨《うすずみ》の法衣に身を包んだ日蓮は、端座《たんざ》したまま、黒く大きな瞳《ひとみ》で平左衛門尉を真っすぐに見据え、口上を述べた。

「では早速お尋ねいたす」

頼綱と並んで日蓮に正対している奉行人《ぶぎょうにん》が口を開いた。

「その方、故最明寺《さいみょうじ》入道殿、極楽寺《ごくらくじ》入道殿を無間地獄《むけんじごく》に堕《お》ちたりと誹謗《ひぼう》し、また建長《けんちょう》寺《じ》、寿福寺《じゅふくじ》、極楽寺、長楽寺《ちょうらくじ》、大仏寺《だいぶつじ》等を焼き払えと申し、建長寺の道隆《どうりゅう》上人、極楽寺の良観《りょうかん》上人等の頸《くび》をはねよと公言いたしおるとのこと。これはたしかに申したるやいなや、しかと返答いたされよ」

日蓮は大きな瞳をかっと見開いたまま、静かに話し始めた。

「この日蓮は去《い》ぬる建長《けんちょう》五年、安房《あわ》の国にてこの法門を申し始めてより、法華経を誹謗するは堕《だ》地獄の業因《ごういん》、わけても念仏は無間地獄必定《ひつじょう》と唱《とな》えて参った。これは私《わたくし》の独見には非《あら》ずして、すべて教主釈尊《しゃくそん》の御金言に従ったもの。しかるに、世はみな正法正義に背《そむ》き、人はみな悪法邪見に帰すがゆえに、善神は国を捨てあい去り、聖人は所を辞して還《かえ》りたまわず。これをもって諸々の災厄《さいやく》が起き、なかんずく自界叛逆《じかいほんぎゃく》の難とて関東の御一門に同士打ちあい起こり、他国侵逼《たこくしんぴつ》の難とて、蒙古《もうこ》国が攻め来《きた》って日本国を犯すことは必定と、これは去ぬる文応《ぶんおう》元年に『立正安国論《りっしょうあんこくろん》』に予言いたし、故最明寺入道殿の御覧に供したことは、天下周知の事実にして、御身らもよくご存じのところ。その予言が的中いたし、蒙古国よりの牒状《ちょうじょう》が参った以上、さだめし日蓮に異国調伏《ちょうぶく》のための御下問《かもん》ありと思いおりしところ、そうした沙汰《さた》はなくして、かえって良観上人や故最明寺入道殿の後家尼《ごけあま》御前らの讒言《ざんげん》を取り上げ、国を思う大忠義の人を召喚して責め糺《ただ》さんとするは、まこと奇怪なることと、不思議に存ずる次第なり」

日蓮の語調は次第に熱気を帯びながら、ここまで一気に滔々《とうとう》と論じ立てた。

「ええい、そのようなことを聞いているのではない。故最明寺入道殿、極楽寺入道殿を無間地獄に堕《お》ちたりと誹謗《ひぼう》し、建長寺等を焼き払い、良観上人等の頸《くび》をはねよと、しかと申したかどうか、それを尋ねておる」

奉行人は、日蓮の話をいらいらしながら聞いていたが、たまりかねて声を荒《あら》げた。

「されば」

日蓮は、ちらと平左衛門尉を横目に見ながら、奉行人に向かって答えだした。

「上件《かみくだん》のことどもは、この国の滅びるのを座して待つに忍びざれば、たしかに一言も違わず申したり。念仏は無間地獄の業因、法華経誹謗の諸寺を焼き払い、聖《ひじり》を騙《かた》る邪見《じゃけん》の僧等の頸をはね、邪宗邪義への布施《ふせ》を断たねば、この国は……」

「たしかに申したのだな」

日蓮の言葉をさえぎって、平左衛門尉が口を開いた。

「仏の金言に従い、この日蓮しかと申し上げて参った」

「なるほど、それではその方の科《とが》は免《まぬか》れぬのう」

平左衛門尉がにやりと笑った。

「ただし、故最明寺入道殿、極楽寺入道殿を無間地獄に堕ちたりとは、讒言《ざんげん》かと思われる」

日蓮が静かに答えた。

「その方は、たった今、たしかに一言も違わず申したと語ったではないか。何故《なにゆえ》に今また言《げん》を左右にいたすか」

奉行人がいら立ちながら口をはさんできた。

「されば」

日蓮が口元にかすかな笑みを浮かべて応じる。それはごくかすかな微笑であったが、平左衛門尉や奉行人には、上《かみ》を恐れぬ不遜《ふそん》な笑いと映った。

「念仏者が無間地獄とは、かねて日蓮が申してきたこと。それは故最明寺入道殿、極楽寺入道殿がご存命の時より声を大にして説いてきた法門にて、おふたりを強いて誹謗せんがために申したこととは違《たが》い申す。良観上人に吹聴《ふいちょう》された後家尼御前らによる、ことさらなる讒言と覚《おぼ》ゆる」

平左衛門尉も奉行人も、この日蓮の申しようには、しばし唖然《あぜん》として口も開けなかった。

『この日蓮は何という剛直な僧侶《そうりょ》か……』

平左衛門尉は心中でつぶやいていた。

『あるいは馬鹿なのか？　世上で噂《うわさ》されているように、やはり気違い坊主なのか……』

彼がそうした疑問を抱くのも、ある意味では当然だったかもしれない。

日蓮は、最明寺入道すなわち第五代執権で、現執権の父親である北条時頼と、極楽寺入道すなわち北条義時の三男であり、執権時頼の連署《れんしょ》として北条一門に重きをなした北条重時《しげとき》のふたりを無間地獄に堕ちたと誹謗《ひぼう》し、さらに幕府要人たちの厚い帰依《きえ》を受けている諸寺を焼き払い、世に生き仏とまで崇《あが》められている高僧の頸《くび》をはねよなどと公言したとして今、取り調べを受けているのである。

これらの悪口が幕府の公法たる「御成敗式目《ごせいばいしきもく》」に照らしていかなる罪科に問えるものなのか、頼綱自身確かな根拠《こんきょ》を持ってはいなかったが、今、この場の日蓮の言動は、被告が必死の弁明を行うなどという類《たぐ》いのものでないことは明らかだった。日蓮は、己《おのれ》が罪科に問われている一々の件に対して、はっきりと認めたばかりか、それに輪をかけたような強弁を、この場で繰り返している。自分の身に危険が降りかかることが明らかなこうした言動は、頼綱の理解を超えていた。

しかし、一方で、日蓮の述べるところは理路整然としている。その態度を含めて、決して馬鹿な僧侶と思えないのも、頼綱の眼前にある事実なのだ。

頼綱の頭は少なからず混乱していた。

『これは悪口《あっこう》の科《とが》か。いや悪口の科なれば、日蓮はすでに伊豆に流罪《るざい》され、赦免《しゃめん》されている。今新たに罪に問うとすれば……。謀叛《むほん》か。これは謀叛の罪に問う以外にあるまい』

頼綱はそう思案を定めると、深く息を吸い込んだ。

日蓮は十年前の弘長《こうちょう》元年（一二六一）、幕府によって伊豆の伊東へ流罪となっている。罪状について確たる史料はないが、恐らくは、不穏な言動によって世を騒がす者として流罪されたと考えられる。伊豆流罪は二年後の弘長三年に赦免となっているから、今ここで不穏な言動によって世を騒がす者、あるいは悪口の科ということでは罪に問うことはできないのである。この点では鎌倉の武家社会は立派な法治国家だったと言うこともできる。

したがって改めて日蓮を罪に問おうとすれば、新たな罪状が必要となってくる。そうした経緯《けいい》から、頼綱の脳裡《のうり》に謀叛《むほん》の二文字が浮かんできたのであった。

そう思うと、ここにきて以来、丹念に掃《は》き清められた庭の白砂を背にして、毅然《きぜん》とした受け答えを続ける日蓮の端正《たんせい》な姿が、頼綱の目には幕府の転覆《てんぷく》さえ図りかねない不気味な怪僧のように映ってきた。

「平左衛門尉頼綱殿に申したき儀があり申す」

しばしの静寂《せいじゃく》を破って、日蓮が口を開いた。

「このわしに申したいことがあるだと？」

頼綱は日蓮を改めてまじまじと見据《みす》えた。今まさに謀叛人として詮議《せんぎ》を加えようと思った矢先の日蓮の発言に、頼綱は出鼻《でばな》をくじかれたような気がして、一瞬拍子抜けしてしまった。

「控えられよ、日蓮殿。この場はその方の詮議の場ぞ。意見がましきことを述べるところではない」

奉行人がこう言って日蓮を制止しようとしたが、それを頼綱がさえぎった。

「申したきことがあればこの際、存分に述べられよ。それがし、本日の吟味《ぎんみ》については、細大《さいだい》もらさず、評定方《ひょうじょう》、引付方に報告せねばならぬ。それがしへ物申すということは、すなわち、幕府と執権殿に物を申すということじゃ。それをしかと承知ならば、何なりと申してみるがよい」

「されば」

頼綱の威嚇《いかく》的な物言いに対しても、日蓮は端座《たんざ》の姿勢を微塵《みじん》も崩《くず》すことなく切り出した。

「貴辺《きへん》を天下の政《まつりごと》に与《あず》かる者と思えばこそ、敢《あ》えて申し上げる。かかる身として、国を思い民《たみ》を慈《いつく》しむ心があるのなら、速《すみ》やかに賢慮《けんりょ》をめぐらして世を安穏《あんのん》に導き、国を安んずる道をこそ求めるべきと心得る。しかるに邪法邪義の輩《やから》の讒奏讒言《ざんそうざんげん》を取り上げ、真に国を思う大忠義の人をかえって罪科《ざいか》に問わんとするとは、物に狂い道理に迷っているといわざるをえない。そもそも釈尊の経文によれば……」

「黙らっしゃい！　おのれ言わせておけば、どこまでつけあがるか、このくそ坊主が！」

頼綱は突然激高し、思わず脇差《わきざし》に手をかけた。

「よ、頼綱殿」

奉行人があわてて頼綱を制止した。頼綱はさすがに脇差からは手を放したが、両手を震わせ、頬《ほお》をひくひくさせながら、つりあげた目で日蓮を睨《にら》みつけた。

「日蓮！　断っておいたはずだぞ。それがしへの申しようは、すなわち幕府、執権殿への申しようだと。物に狂い道理に迷うとは、いったい誰《だれ》を指《さ》してほざいているのか、分かっておろうな！　邪法邪義の輩の讒奏讒言とも申したな。執権《しっけん》殿の母御前と、幕府要人がひとしく崇《あが》める良観上人らをそこまで誹謗《ひぼう》するからには、それ相応の覚悟があるのであろう。日蓮、うぬの命運もこれまでだな」

「何の、この日蓮は我が身など露《つゆ》ほども惜しくはない。ただ、経文の如《ごと》くならば、一門に同士打ちが起こり、蒙古国より攻められて国の滅びるは一定《いちじょう》避けられぬ。日蓮が惜しむのはそのことなり」

「ええい、黙らぬか！　その方ごときの腐《くさ》れ法門など、聞く耳持たぬわ。幕府、執権、お歴々への不敬、悪口雑言《あっこうぞうごん》、これ以上は許しがたい。汝《なんじ》はさだめし謀叛《むほん》を企《たくら》む者に相違《そうい》あるまい。諸人《もろびと》よりの訴えといい、ここでの不遜《ふそん》なる態度といい、その申しようといい、すべからく、汝が謀叛人であることを指しておる。もはやこれ以上の詮議《せんぎ》は無用、早々に引き取られよ」

　頼綱は吐き捨てるようにまくしたてると、すっと立ち上がり、日蓮に背を向けてその場を立ち去る気配を見せた。

「哀れなるかな。天下の大事をあずかる者がかくも物に狂うては、この国の滅びるは必定《ひつじょう》。悲しむべし、嘆くべし」

日蓮は少しも臆《おく》することなく、平左衛門尉の背中に痛烈な批判を放った。

「に、日蓮！」

頼綱は面を真っ赤に染めながら振り返り、再び脇差《わきざし》に手をかけた。その様子に、控えていた武士ふたりが駆け寄り、すんでのところで頼綱の抜刀《ばっとう》を制した。

「一言申し上げる」

日蓮が落ち着いた口調で切り出した。

「そもそも本日の詮議は、いかなる訴人《そにん》の訴えによるものか。良観上人か、最明寺入道殿の後家尼か。ご定法《じょうほう》の如くならば両者召し合わせて対決これあるべきと覚ゆる。さはなくて日蓮一人を詮議いたすとは、すでに法に超えたる処置とお見受けいたす」

この時代の司法制度では、必ず訴人（原告）がいて、論人《ろんにん》（被告）に対する裁判（問注）が成立する。訴人はまず訴状を提出することになるが、所領に関することや重要案件は引付《ひきつけ》―評定《ひょうじょう》ルートによって評定会議にかけられ審議される。また、御家人《ごけにん》以外の武士や一般庶民《しょみん》、所領以外の争い事などは、政所《まんどころ》で審議される。さらに、鎌倉の治安や犯罪にかかわる検断沙汰《けんだんざた》（刑事事件）は、侍　所《さむらいどころ》を通して、得宗御内人《とくそうみうちびと》（得宗家の家臣）が奉行《ぶぎょう》する。その他、得宗と御内人あるいは有力御家人や幕府官僚などが集まって内々に沙汰する寄合ルートも存在していた。

日蓮は文永五年、蒙古からの牒状《ちょうじょう》到来を機に、北条時宗をはじめとする十一カ所に書状を出し、公の場において法門の正邪を争う、いわゆる公場対決《こうじょうたいけつ》を願い出ていたが、これは黙殺されていた。この文永八年には公場対決を求めてさらに書状を提出していたが、これも無視され、逆にこの年、祈雨《きう》の争いに敗れた良観が、日蓮を恨み、行敏《ぎょうびん》なる浄土僧を使って日蓮を訴え出たのであった。法論を挑《いど》む行敏に対して日蓮は、私的な問答ではなく、あくまで公場対決を迫る返書を出し、さらに行敏の訴状に対して同じ趣旨の陳状《ちんじょう》を提出している。

これに対して有効な反論ができないままに、行敏の訴状は取り下げられたが、何としても日蓮を陥《おとし》れたい良観一派は、日蓮の言動に不穏なものありとして、北条時頼の未亡人などに日蓮の悪口をさまざまに吹き込み、結局、執権時宗を動かして、日蓮を検断沙汰に引きずり出したのであった。

幕府の公法たる貞永式目《じょうえいしきもく》（御成敗式目《ごせいばいしきもく》）の規定を忠実に遵守《じゅんしゅ》するとすれば、日蓮を訴えた訴人とその論点を明らかにし、日蓮側から弁明（陳状）を提出させ、さらに当事者同士を公の場で対決させるのが筋である。しかしながら、今この場の詮議は、訴人を明確にしないまま、日蓮だけを一方的に尋問《じんもん》するもので、法的には著《いちじる》しく公平を欠いたものと言わざるを得ないものだった。

「そ、それは……」

痛いところを突かれて、奉行人は言葉に詰まった。しかも、ふたりの侍に制止されて刀こそ抜かなかったが、かたわらでは平頼綱が目をつり上げて、今にも日蓮に掴《つか》みかからんばかりの形相《ぎょうそう》である。このうえ日蓮と言葉のやり取りをしていては、どのような事態が起きるのか、気が気ではない。

「いずれにいたしても、本日の詮議はこれまでといたす。日蓮殿、ご苦労でござった。

これにて引き取られよ」

奉行人は頼綱の様子をちらちらとうかがいながら、日蓮にそう申し渡すと、自身そそくさと立ち上がり、頼綱をうながすようにして共にこの場から退出した。控えの役人たちもそれを見て一斉《いっせい》に退出した。

あとに残った日蓮は、しばらくの間、平左衛門尉頼綱の座っていたあたりをじっと見つめていたが、やがて「さてこそ」と一声もらして立ち上がり、松葉ヶ谷の草庵《そうあん》へと引き揚げていった。


「これでよし」

日蓮は平左衛門尉への書状を認《したた》め終わると、ふっと大きく息を吐き、静かに筆を置いた。

「さらなる御諫暁《かんぎょう》にございますか」

先ほどから、書状を認める日蓮のかたわらで、心配そうに座っていた日朗《にちろう》が声をかけた。

「筑後房《ちくごぼう》、誰《だれ》ぞにこの書状を持たせて平左衛門尉の屋敷に届けさせてくだされ」

筑後房日朗は、日蓮門下の最長老である成弁日昭《じょうべんにっしょう》の甥《おい》で、若くして日蓮に弟子入りし、側《そば》近く仕《つか》えてきた。

「は、かしこまりました。されど……」

「筑後房、何も心配することはありませぬ」

日朗が口籠《くちご》もった理由を見すかすかのように、日蓮は静かに、しかし力強く言った。

「しかし、一昨日のご詮議の次第、平左衛門尉頼綱の様子もただごとではなかった由《よし》。今またこの書を差し出すに至っては、まさに火に油をそそぐも同然。一定《いちじょう》、御聖人の身にまた危難の降りかかることを、この日朗は案じております」

日朗は書状を一瞥《いちべつ》して、それが平左衛門尉を強く諫止《かんし》する内容であることを見てとっていたのである。

「これはまた、我が門下の長足《ちょうそく》が、そのようなことでは困りましたな」

「は？」

解《げ》せない、といった顔をして、日朗は日蓮の顔を見つめた。

「我が身は清澄寺《せいちょうじ》を追われ、草庵《そうあん》を焼かれ、伊豆へ流罪《るざい》となり、生まれ故郷にて命を落としかけたこともあります。これもひとえに教主釈尊のお計《はか》らいにて、法華経の敵を強く責めたがために出来《しゅったい》いたせし難であると、そなたほどの者ならばとうに覚悟を定めておったと思っておりましたが……」

日蓮がやや残念そうに日朗をたしなめた。

「いや、そのことなれば重々あい分かっております。されど、今御聖人の身に万一のことがあっては、我が一門がいかなる憂き目に遭《あ》うことか……。いや、我が一門のことはさておいても、世に正法正義は立たず、国は蒙古《もうこ》に攻められて滅亡のやむなきに至ることでございましょう。法華経の敵を見ておいて破折《はしゃく》せねばならぬことは仏の命とはかねて存じておりますが、今は御聖人の御身こそ大事と、この日朗は不肖《ふしょう》の弟子ながら、敢《あ》えて御諫言《かんげん》申し上げるのです」

日朗は、両の目にかすかに光るものをたたえながら、必死で訴えた。その言葉には師を思う熱誠《ねっせい》の心が溢《あふ》れていた。

「それこそ心得違いも甚《はなは》だしいと申すものです。法華経の敵を責めずして身命を惜しんだとて何になりましょうぞ。そんなことで一身の安穏《あんのん》を図って、世に正法正義など打ち立てることが叶《かな》いましょうや。……それに」

日蓮はここで言葉をいったん切った後、日朗の顔をまじまじと見つめながら言葉を繋《つな》いだ。

「このたびの沙汰《さた》は、いささかご定法《じょうほう》を逸脱《いつだつ》したるものとは言え、問注《もんちゅう》に及んだことは喜ばしいことなのです」

「それはいかなる由にてございますか」

日朗が真剣な眼差《まなざ》しで問い返した。

「先に蒙古国より牒状《ちょうじょう》が参った折、方々に十一通の書状を送り、法門の正邪を公の場にて競わんことを願って参ったことは、そなたもよく存じておりましょう」

「はい、もちろんでございます」

「しかしながら、然《しか》るべき沙汰もなく、本年また申し状を提出いたしたが、これまた何の音沙汰もなかったところに、こたびは、論人《ろんにん》の立場とはいえ、問注沙汰にかかったということは、幕府としても定《さだ》めしこの日蓮の言い分を聞かないわけには参りますまい。されば、行敏であれ、良観であれ、訴人《そにん》と召し合わせて対決させるのが筋と申すもの。対決が叶えば、もとより法門の正邪優劣は明白なれば、世に正法を立てるべきまたとない機会となりましょう。このゆえに、日蓮は今喜び勇んでいるのです」

日蓮はそう言うと、認《したた》めたばかりの書状を、しっかりと日朗の手に握らせた。

「されど」

日朗は、まだ納得がいかないという表情で切り出した。

「筋はたしかに仰《おお》せの通りでしょうが、問注となれば法門を競うこととはまた別儀かと存じます。ましてこたびのことは、御聖人並びに我が一門を陥《おとしい》れんとの、良観の策《さく》謀《ぼう》かと存じます。なかなか一筋縄《ひとすじなわ》では……」

「たしかに」

日蓮は一度言葉を区切ってから、やや小声になって続けた。

「そなたの申すことにも理はある。さりながら、この沙汰《さた》が平左衛門尉のあずかりとなったことは、公での対決が叶《かな》うかもしれぬということなれば、良観らがどう出てこようとも、堂々と論破するのみ。それが釈尊のお計《はか》らいであり、この国を救う唯一の方途《ほうと》なのです」

「……はい……。あい分かりました。……さればこの書状、しかと届けさせまする」

日朗は、切れ切れに答えながら、しばし深く頭《こうべ》を垂《た》れた後、静かに立ち上がった。

日蓮の言うことに一応納得はしてみせたものの、心中のわだかまりはまだ完全に払拭《ふっしょく》されたわけではなかった。

「分かればよろしいのです。それではしかと頼みましたぞ」

日蓮は、凜《りん》とした声で日朗の背中に向かって語りかけた。

平左衛門尉頼綱に宛《あ》てたこの手紙は「一昨日御書《いっさくじつごしょ》」と呼ばれている。一昨日すなわち九月十日の対面を思い出しつつ、その場で頼綱を諌《いさ》めた内容に『立正安国論』の趣《しゅ》旨《し》をからめ、再度強く頼綱を諌めたものであった。

「伯耆《ほうき》房、伯耆房はおらぬか」

日蓮が呼ぶと、日朗と入れ代わりに伯耆房が現れた。伯耆房は日興《にっこう》といい、十三歳で日蓮に弟子入りして以来常に日蓮に仕え、後に法灯《ほうとう》を継いで第二祖となり、大石寺《たいせきじ》を開山している。

「お呼びでございますか」

日興が日蓮の前にうやうやしく手をついて正座した。

「伯耆房、広間に皆を集めよ。今日は特別に講義をいたす」

「かしこまりました」

日興はそう答えると、静かに立ち上がった。

やがて広間には日蓮の弟子たちと、たまたま草庵を訪れていた若干《じゃっかん》の在家の檀那《だんな》たちが集い、静かに日蓮を待った。これから日蓮による経典の講義が始まるのである。

日蓮がこの日講義したのは、金光明経《こんこうみょうきょう》、大集経《だいしっきょう》、仁王経《にんのうきょう》、薬師経《やくしきょう》のいわゆる「三災七難《さんさいしちなん》」を説いた部分だった。この四経の文は、正法に背《そむ》いた場合に起きる種々の災難について語ったもので、日蓮が『立正安国論』に引用している。

公場対決の日も近いと信じる日蓮は、国主諫暁《かんぎょう》の原点である『立正安国論』での所論を、改めて自身と弟子たちに確認すべく、この日の講義に臨んだのであった。

日蓮の気迫溢《あふ》れる講義に、弟子たちもまた公場対決を思って昂揚《こうよう》する半面、複雑な思いにとらわれる者もいた。彼らは皆、一昨日の詮議の様子をおおむね知っていたのである。

日蓮はその日、意気軒昂《いきけんこう》に草庵に帰ってきて、心配顔の弟子たちに、平左衛門尉に諫言したことや、彼が激高したことなどを話して聞かせていたのだが、弟子たちの中には、その模様を聞き、尋常ならざる事態が襲ってくるのではないかと不安になる者もいた。『立正安国論』を提出した時のように、草庵《そうあん》を焼き打ちされるのではあるまいか。また流罪《るざい》になるのではあるまいか。あるいは、それ以上の難が襲い来るかもしれない。古くから日蓮に従い、苦楽を共にしてきた者ほど、どこかにその思いは強かった。

彼らは日頃から、法華経の行者《ぎょうじゃ》には大難があることを日蓮より聞かされ、それなりの覚悟はしていたつもりでも、それが現実のものとして旦夕《たんせき》にも迫ろうかというこの日、この時に至って、言い知れぬ不安と身の引き締まる思いを、肌にひしひしと感じていたのである。

そんな弟子たちの心中を知ってか知らずか、日蓮はいつにも増して、熱のこもった講義を続けていった。


日蓮の書状がもたらされた時、平左衛門尉頼綱は五百人ほどの武装した侍を待機させていた。頼綱は書状をざっと流し読みすると、一言、

「今さら何を言ってきても詮《せん》なきものを」

と吐き捨てるように言い放った。

「者共《ものども》、これより幕府に弓引く大罪人日蓮を召し捕《めと》りに参る！」

ことさらに日蓮からの使者を前にして、頼綱は日蓮捕縛の命令を発した。一行は口々に雄叫《おたけ》びをあげながら、松葉ヶ谷へと押し出していく。

日輪《にちりん》は煌々《こうこう》として、中天よりわずかに西に傾き始めていた。

祈雨合戦

話は三カ月ほど前にさかのぼる。

この年（文永八年）の夏、関東地方は大旱魃《かんばつ》に見舞われた。四月末に梅雨入《つゆ》りを思わせるような雨がわずかばかり降ったのみで、五月に入っても、一向《いっこう》に梅雨らしい天候にはならず、ついに空梅雨《から》のまま六月を迎えてしまったのである。

鎌倉近郊の水田はみな涸《か》れ果てて、ひび割れを生じ、稲はなす術《すべ》もなく萎《な》えるに任《まか》す他《ほか》に手立てはなくなっていた。

「ひどいものだのう」

栗毛《くりげ》の馬に乗った水干《すいかん》（肩の部分が細く切れ込んだ、この時代の武士の平服）姿の若侍が、手にしていた鞭《むち》で路傍《ろぼう》の一点を指《さ》しながら、斜め後方を振り返った。

「はっ」

鹿毛《かげ》の馬に乗った中年の侍が答えた。鞭の指す先には、ひからびてミイラのようになった蛙《かえる》が、仰向《あおむ》けにひっくり返ったまま、ぶざまに四肢《しし》を広げていた。

「頼綱《よりつな》、何としたものかな」

栗毛の武者《むしゃ》は執権北条時宗《ときむね》である。一月余りも雨の降らない惨状《さんじょう》に心を痛めながら、平左衛門尉頼綱ら郎党《ろうとう》数人とともに、鎌倉市中の様子を見回っていた。

「雨の降らぬのは、天の仕業《しわざ》。いかんともし難《がた》きことかと……」

時宗に従っていた頼綱がそう返答した。

「とは言っても、民《たみ》の苦しむのを放置するわけにはいかぬ。政《まつりごと》を与《あずか》る身としては、な」

二十二歳の青年執権は、きゅっと口元を引き締め、その黒く大きな瞳《ひとみ》で頼綱をまじまじと見つめた。

「はあ、しかしながら……」

頼綱は時宗に見つめられて、目を伏せた。

「仏の教えにも儒教《じゅきょう》の教えにも、天変地異《てんぺんちい》の起こるのは、政をつかさどる者の徳が薄いゆえだとある。わしが執権となって三年、蒙古《もうこ》よりの威嚇《いかく》的な牒状《ちょうじょう》に民心は動揺し、今またこの旱魃《かんばつ》だ。わしの不徳の致すところなのだろうか」

「いえ、それは違います。蒙古の牒状は殿が執権となられる前のこと。殿はご就任以来毅然《きぜん》とした態度で、むしろ民の動揺《どうよう》を静めてこられたではありませんか。この旱魃にしても、殿の不徳のゆえなどとは、全《まつた》く的外れな考え方。そのように思う者など誰ひとりいるわけがございません！」

憂《うれ》え気《げ》に肩を落とした時宗を励ますように、頼綱は語気を強めた。

「……」

時宗は無言のまま、長い睫《まつげ》を二、三度まばたかせ、それからゆっくりと口を開いた。

「いにしえの帝王は、このような時に霊験《れいげん》あらたかなる者を用いて、天下静謐《せいひつ》の祈りを修《しゅう》したと言う。わしも今、その先例にならおうかと思うのだが……」

仏教や儒教には、時宗の言ったように、世の中が荒れ、天候不順や飢饉《ききん》、さらには天文上の異変を含めて、為政者《いせい》の責任だとの考え方がある。しかもそうした考え方は仏教や儒教だけでなく、古代から世界的に共通した考え方でもあった。天変地異などを理由に追放や殺害という目に遭《あ》った古代の帝王の例は枚挙《まいきょ》にいとまがない。

日本でも、儒教や仏教の伝来以前からそうした考え方があり、時の統治者は、天変地異や飢饉・疫病《えきびょう》などが起こった場合には、それを静めるために苦心した。『日本書紀』にも、第十代崇神《すじん》天皇の時代に疫病が大流行し、さまざまな祈禱《きとう》を試みた末、ようやくそれを静めたという、有名な逸話《いつわ》が残されている。

この時代はまだ、古代のそうした気分が濃厚に人々の間に残っていた時代である。

「雨乞《あまご》いの祈禱を誰《だれ》かに命ずるということでございましょうか」

頼綱が問いかけた。

「うむ。この鎌倉には名僧、高僧と世に崇《あが》められている者が何人もいる。その者たちを一堂に集めて祈雨《きう》の修法《しゅほう》を行わせるというのはどうであろうか」

「それはまさに時宜《じぎ》を得たものと存じ上げます。ただ」

「ただ？」

時宗は、いつの間にかかたわらに馬を並べていた頼綱に向かって問い返した。

「鎌倉の名僧、高僧を一堂に集めるというのは、いかがでございましょうか。それぞれに宗旨《しゅうし》も修法も異なりますゆえ、いずれかひとりを選んで行わせる方が適当かと存じます」

「なるほど」

頼綱の意見に時宗は素直《すなお》に納得した。

「それに、鎌倉中の名僧、高僧をこぞって万が一雨の降らなかった場合、次に打つ手がなくなります。その点、誰かひとりを選んだ場合には、その者の未熟ということで、幕府や他の高僧が面目を失う心配も避けられましょう」

「ううむ。初めから雨が降らぬ場合の言い逃《のが》れを用意しておくというのは、姑息《こそく》に過ぎようぞ」

時宗が、口元をとがらせながら頼綱をにらんだ。

「いや、あくまで万が一のことでございます。肝心《かんじん》なことは民の動揺を抑えるということにございます。最善を尽くしたうえで、なおかつ万が一にも備えるというのが、政《まつりごと》と申すものでございましょう」

「そなたのわしを思う忠義はよく分かっている」

「恐れ入ります」

頼綱は深々と頭を下げた。

「それで、誰かひとりと申した場合、そなたの心づもりではどうなのだ？」

時宗の問いに、頼綱は一瞬喜色《きしょく》を浮かべて目を輝かせた。

「されば、今鎌倉の人々から生き仏とまで崇《あが》められている極楽寺の良観上人こそ最適と考えます。聞くところによれば、かの真言律宗《しんごんりつしゅう》には祈雨の秘法ありとか。もし事実であれば、大いに期待が持てましょう。雨が降れば、良観上人も幕府も大いに面目を施《ほどこ》すこととなりますゆえ、喜んで引き受けるものと存じます」

「極楽寺の良観上人か。うむ、それだな。さっそく評定《ひょうじょう》に諮《はか》ることにいたそう」

時宗は顔の汗をぬぐうと、馬に一鞭《ひとむち》くれて駆け出した。頼綱以下の郎党がそれに続いた。

日は冲天《ちゅうてん》にさしかかり、ぎらぎらした灼熱《しゃくねつ》の光線を容赦《ようしゃ》なく大地にたたきつけていた。

翌日の評定会議では、極楽寺良観に雨乞《あまご》いの祈禱《きとう》を命じるという時宗の提案は、特に異論もなく、すんなりと決定した。評定衆の中で、良観に心を寄せる者は、もちろんその法力《ほうりき》を信じて賛成したし、たとえば建長寺道隆など他の高僧たちに心を寄せ、良観の法力には懐疑《かいぎ》的な者も、万が一失敗した場合のことも考えて、それぞれの思惑《おもわく》から賛成したのである。もっとも、執権時宗の熱のこもった提案だっただけに、会議中に反対できるような雰囲気がなかったというのも事実である。

翌日、祈禱奉行の二階堂行有《ゆきあり》が極楽寺良観に評定の決定を伝え、良観はこれを快諾《かいだく》した。

良観受諾の知らせを聞いた平左衛門尉頼綱は、その夜、良観のもとを訪ねた。極楽寺の客間に通された頼綱は、良観が現れると、床に両手をつき、軽く頭を下げた。

「これはこれは、得宗家第一の家臣たる頼綱殿がわざわざのお越しとは、お役目大儀《たいぎ》に存じますな」

良観は頼綱に向かい合ってゆっくりと腰を下ろすと、にこやかに話しかけた。

「当代一の高僧と誉《ほま》れも高い良観上人が、こたびの大旱《たいかん》に対し雨乞いの祈禱を快《こころよ》くお引き受け給《たま》わった由を承《うけたまわ》り、執権時宗様に代わり、まずは深く御礼申し上げます」

こう言って頭を上げると、頼綱は良観を正視した。

「これはこれは、丁重《ていちょう》なるお言葉、痛み入ります」

良観はそう言うと、頼綱の顔をやや上目遣《うわめづか》いに一瞥《いちべつ》した。

「ご上人は天下に名高き祈雨の達人ゆえ、万にひとつの間違いもあるまいと、それがしはもちろん、天下万民がひとしく信じております。さりながら、こたびのひでりは未曾有《みぞう》の大旱なれば、不安を抱く者が多いというのも事実。されば、それが杞憂《きゆう》に過ぎぬことを明らかにいたしたく、ご上人の決意のほどをお示しいただきたい」

頼綱はそう言うと、改めて居ずまいを正し、再び床に両手をついて問いかけた。

「なるほど」

良観は、そう言うとしばし沈黙した。口では「万にひとつの間違いもあるまい」などと言ってはいるが、この頼綱や幕閣《ばっかく》たちは、本当に雨を降らすことができるのかどうか、実のところ不安を持っている。頼綱がわざわざ訪ねてきた理由がそこにあることを察して、良観はいささか不愉快《ふゆかい》であった。

「もとより」

良観はそこで言葉を切ると、これも居ずまいを正し、傲然《ごうぜん》と胸を張って語りだした。

「この良観、こたびの天下大旱《たいかん》を窃《ひそ》かに憂い、民の苦渋《くじゅう》を思っては、心中怏々《おうおう》として楽しまざるものこれあり。年ごろ修せし我が真言律宗の祈雨の秘法、今こそ天下のため、民のため、執権殿のおんために、いかでか役立てぬべきと、朝夕の勤行の度《たび》ごとに祈念しておった次第。かかる時に、本日、祈禱奉行の二階堂殿より雨乞いの祈禱を命ずる由《よし》を承《うけたまわ》り、我が法力を天下に示す時が将《まさ》に到来いたしたるものと、欣喜雀躍《きんきじゃくやく》、全身全霊を傾けてことに当たる所存にございますれば、眼《まなこ》を開いてお待ちあれ。旬日《しゅんじつ》ならずして、甘露《かんろ》の如《ご》き雨を降らしてご覧に入れましょうぞ」

良観は一気にこれだけ話すと、頼綱の顔をまじまじと見据えた。

「ははっ。この頼綱、ただいま良観上人の決意のほどをお聞きし、我らの願いつるところと全く符合《ふごう》せしこと、恐悦至極《きょうえつしごく》に存じます。されば、我ら幕府に仕《つか》える者も、関東の民人《たみびと》も、幸いなることこれに過ぐることはなしと、一刻も早く、良観上人の頼もしき胸中を諸人に伝え、天下に広く公示いたしたく存じます」

頼綱は喜色を満面にたたえて、良観を凝視《ぎょうし》した。

「されば、我が門弟をこぞり、一宗をあげて祈禱を行ずるほどに、必ずや諸人の期待に応《こた》え、天下万民の願いを叶《かな》え申そう」

「ははっ」

良観の自信満々の口上に、頼綱は思わず深々と平伏していた。

「たしかに雨は降りましょうや」

極楽寺からの帰途《きと》、従者のひとりが頼綱に尋ねた。

「もちろんだ。あの良観上人があそこまで大見得《おおみえ》を切るからには、よほどの自信があるはずだ」

頼綱が応《こた》えた。

「しかし、このひどい大ひでりが、たかが祈禱《きとう》ごときで何とかなるものでございましょうか」

別の従者が口をはさんだ。

「口をつつしめ！」

頼綱は手にした鞭《むち》で、従者の烏帽子《えぼし》を軽くこづいた。

「はっ、申し訳ございません。なれどそれがしは、万一雨が降らなかった場合に殿のお立場がどうなるのかと、それを心配いたし……」

「ははは、そんな心配はいらぬ。あの良観上人がふたつ返事で胸を張ってみせたのだ。それにな」

頼綱はここで言葉を区切ると、付き従うふたりの従者を振り返って、にやりと笑った。

「祈禱は今日より三日の後から七日間にわたって行われる。あと十日もあるのだ。たとえ祈禱の霊験《れいげん》がなくとも、そろそろ雨のひとつくらい降っても不思議ではあるまい。もしそれでも雨が降らなんだ場合、まあそんなことは断じてないと思うが、その場合には、世人《せじん》の非難は雨を降らせられなかった良観上人ひとりに集まろう。何にせよ、そなたらの心配は取り越し苦労と申すもの。我らはただ、良観上人が祈雨のことを、せいぜいふれ回り、あとは結果を待てばよいのだ」

頼綱はそう言うと、馬に鞭《むち》を入れて、道を急いだ。ふたりの従者は徒歩立《かちだ》ちで、あわててその後を追った。

翌日、鎌倉の辻々に高札《こうさつ》が立てられた。明後日、六月十八日の朝より七日間にわたって極楽寺の良観が雨乞《あまご》いの祈禱《きとう》を行ずる旨《むね》が示され、たちまち鎌倉中がその話題でもちきりとなった。

その日の午後、松葉ヶ谷の草庵をふたりの男が訪れた。ひとりは、水干に烏帽子《えぼし》を着した侍で、入沢《いるさわ》の入道といい、もうひとりは僧形《そうぎょう》で周防房《すおうぼう》といった。周防房は浄土宗の僧であるが、極楽寺良観に弟子入りしており、入沢の入道も浄土宗の信徒であるが、良観に帰依《きえ》してその檀越《だんのつ》となっていた。

「わざわざのお運び、痛み入り申す」

草庵の主である日蓮が、ふたりにあい対して正座し、柔和《にゅうわ》な表情で語りかけた。

「日蓮殿は、日頃《ひごろ》より念仏は無間地獄の道などと誹謗《ひぼう》いたし、さらに近頃では我らが帰依いたせし良観上人に対して、さまざまに悪口しおることは天下周知の事実。その日蓮殿が、念仏者であり、かつ良観上人の門下である我らふたりを招くとは、いかなるご用か、まことに奇怪に存じておる」

入沢の入道はにこりともせずに日蓮を睨《にら》みつけた。

「ご両人をここにお招きしたることはさだめしご不審《ふしん》とは存ずるが、他《ほか》でもない、明後日よりの良観御房《ごぼう》の祈雨について、日蓮より良観御房に申し入れたき儀がこれあり候《そうろう》につき、ご両人にその使者となっていただきたく、お願い申し上げる所存《しょぞん》」

「我が師は、天下万民の事を思い、一身を賭《と》して祈雨の修法《しゅほう》に臨むお覚悟。いかなる儀かは知らねども、我が師の尊き志に水を差すような申し入れなら、無用のことにございますぞ」

周防房はやや気色ばんで、やはり日蓮を睨みつけた。

「いやいや、安心召《め》されよ。この日蓮も、こたびの大旱《たいかん》を憂うることは、余人に劣るものではありませぬ。良観御房が見事に雨降らすならば、天下万民の大慶《たいけい》これに過ぐるものはなしと、日蓮も事の成就《じょうじゅ》を願っておる次第」

日蓮は、相変わらず穏やかな顔であい対した。

「しからば日蓮殿の申し入れたき儀とはいかなることにござ候や。まわりくどき申しようはやめて、疾《と》く用向きを述べられよ」

入沢の入道がいらつき気味にやや声を荒《あら》げた。その目は日蓮に対する敵意に溢《あふ》れている。

「されば」

日蓮はわずかに座り直すと、背筋を伸ばし、胸を張って語り始めた。

「日蓮が案ずるに、こたびの大旱《たいかん》は、世皆正に背《そむ》き、人 悉《ことごと》く悪に帰すがゆえに、善神は国を捨ててあい去り、聖人は所を辞して還《かえ》りたまわず。これによって起こりし災《わざわ》いのひとつと存ずる。いわゆる薬師経の七難のうち過時不雨《かじふう》の難に当たり申す。しからばこの災いは正法正義によってしか取り除くことはでき申さず、遺憾《いかん》ながら、正法たる法華経を誹謗《ひぼう》せし真言律宗の修法などに拠《よ》らば、かえって火に油をそそぐ事態となるは必定《ひつじょう》。天下万民のことを思うのならば、愚かなる祈禱などはやめて、この日蓮の法門《ほうもん》をこそ用いるべしと、さように存ずる次第」

「おのれ言わせておけば……。やはり我が師の志を誹謗せんがためにわざわざ我らを呼びつけたか」

周防房が片膝《かたひざ》を立てながら毒づいた。

「周防房殿、まずは座られよ。しかる後、この日蓮が申すことしかとお聞きのうえ、良観御房にお伝え願いたい」

日蓮は右手で周防房に着座するように促《うなが》しながら、鋭い眼光をふたりに向けた。

「日蓮殿の申すところが是《ぜ》か、良観上人の法門が是か、いたずらに言葉で争うても詮《せん》なきこと。結果は数日のうちに、誰《だれ》の目にも明白となろう」

入沢の入道が、自信に満ちた態度で、そう口をはさんだ。

「我が師に限って、雨を降らさぬという法はない。雨が降った時こそ、その方の高慢な鼻がひしげ、へらず口を叩《たた》くその口がぐうの音《ね》も言わなくなる時ぞ」

周防房が興奮してまくし立てた。

「さればこそ、この日蓮は年来、良観御房と法の正邪を競《きそ》って参った。ご両人の言われるごとく、まことに良観御房の霊験あらたかにして雨の一滴《いってき》だにも降らば、この日蓮潔《いさぎよ》く前言を改め、念仏無間、真言亡国等の法門を取り下げ、良観御房の弟子となって、二百五十戒を修め、念仏をも唱え申そう」

日蓮はやや早口に述べ立てた。

「日蓮殿、今の言葉に偽《いつわ》りはありますまいな」

入沢の入道が、口元をわずかににやりとさせながら、日蓮を改めて睨《にら》んだ。

「いかにも、この日蓮、偽りは申さぬ。しからば、一滴の雨だに降らぬ時は、良観御房も潔く前非を悔い、この日蓮に弟子入りして正法正義の何たるかを、初信より学ぶべきかと存ずるがいかが」

「なるほど、それが御房の言いたいことか」

「いかにも」

入沢の入道の問いに、日蓮は涼《すず》やかに応えた。

「そなたの申しよう、たしかに承った。法雨《ほうう》の降らぬことは万にひとつもあるものではない。よいな日蓮房、その時はたしかに上人の弟子となるのだぞ」

周防房は立ち上がり、嬉《うれ》しそうに日蓮を指さした。

「その代わり、雨の降らぬ時は良観御房がこの日蓮の弟子となるべきこと、たしかにお伝えいただきたい。そして、ご両人には、この祈雨合戦の証人となっていただきたく存ずる」

「あい分かった。日蓮殿の申し入れ、たしかに上人にお伝え申そう」

日蓮のだめ押しに答えて、入沢の入道も立ち上がり、周防房を促して草庵《そうあん》を後にした。

鎌倉中の人々が、期待と不安の入り交じった感情で固唾《かたず》を呑《の》み見守るなか、六月十八日の日の出とともに極楽寺において良観を導師とする大々的な雨乞いの祈禱が始まった。

護摩《ごま》を焚《た》いて濛々《もうもう》たる煙の中、良観とその門弟百二十余人は、あるいは念仏を唱え、あるいは請雨経《せいうきょう》を読み、また時には法華経を誦《じゅ》した。祈禱の合間には良観が八斎戒《はっさいかい》について講義するなど、日没までの間にさまざまな修法を試みた。

しかし、日輪《にちりん》は相変わらずぎらぎらと大地を灼《や》き、時折かかる白い雲も、おりからの強風に蹴《け》散らされるかのように、すぐに青い大空へと溶け込んでいく。祈禱《きとう》が始まって間もなくこそ、空がわずかに曇り出し、強い風が吹いて鎌倉の人々を歓喜させたが、その後は生温かい不快な南風が砂塵《さじん》を舞い上げるのみで、歓喜は不安からやがて絶望へと変わっていくのである。

初めの三日間、良観は意気軒昂《いきけんこう》であった。その頭の中では、雨が降った時の、人々の自分に対する尊敬の眼差《まなざ》しや、幕府要人たちからの感謝の言葉などが渦《うず》を巻いていた。さらには、この祈雨によって法の正邪を争おうと申し入れてきた日蓮が、悔し涙を流しながら自分に土下座《どげざ》してくる姿を夢想《むそう》することもあった。

『日蓮め、見ているがよい。うぬがこの良観に跪《ひざまず》く日は間もなくぞ』

心中でそうつぶやきながら、良観の妄想《もうそう》は膨《ふく》らんでいった。

この祈雨の行われていた間、日蓮はどうしていたのだろうか。七日間のうちに良観に対して三度の使者を立て、雨の降らなかった場合の約束事の確認をしていることを除けば、特別何かをしていたという記録はない。恐らくは、普段と変わらぬ日常を過ごしていたものと考えられる。

ところで、確かな史料とは言い難《がた》いが、この時の日蓮のエピソードとして、面白い話が伝わっている。江戸時代後期の碁《ご》打ちで、文筆家でもあった林元美《げんび》が、日蓮の郷里南総の蓮乗寺の僧侶から聞いた話として、『爛柯堂棋話《らんかどうきわ》』という随筆集に、概略次のような話を載せている。

文永八年の夏、天下に大旱魃《かんばつ》が起きた時、官命を受けて良観が祈雨を行った。日蓮は良観の信者二人を召して、前述したような約束事を交わした。これを聞いた良観は喜びいさんで祈禱をした。この時日蓮は二六時中《にろくじちゆう》の勤行唱題を止《や》め、碁を囲んでいた。

門弟や檀那《だんな》たちは、日蓮に向かって、「もし雨が降ったなら聖人の一大事です。どうして諸天の法味《ほうみ》に備えないのですか」と尋《たず》ねた。それに対して日蓮は、「あなたがたは間違っている。このところの天変地異を悲しまない者は一人もいない。ましてや今、天下万民が雨を望むことは、赤ん坊が乳を望むようなものである。こんな時にどうして（雨が降らないようにという）祈りをすることができようか。これは薬師経の七難のうちの過時不雨の難が起きたものである」と答えた。

七日の期限が来ても雨は降らず、良観はもう七日間の延長を申し出、日蓮はこれを了承した。良観はさらに人を増やして一心に祈ったが、ついに雨は降らない。日蓮は使いを出し、「無戒僧の能因法師《のういんほうし》や女人の和泉式部《いずみしきぶ》は歌を詠《よ》んで雨を降らしたのに、良観はそれにも及ばない。かくなる上は潔く日蓮の弟子となるべきではないか」と、これを責めた。これを恨《うら》んだ良観や諸寺が讒言《ざんげん》して謀略《ぼうりやく》をめぐらしたため、幕府は九月十二日、日蓮を捕らえて竜の口で斬《き》ろうとした。

この話の中で、日蓮が二六時中の勤行唱題を止《や》め、碁を囲んでいた、というくだり以外は、ほぼ史的事実を伝えているといってよい。『爛柯堂棋話』は囲碁にまつわる古今の逸話《いつわ》を集めたもので、出典の定《さだ》かでない俗説の類《たぐ》いも多く採用されているので、この話も事実かどうかは甚《はなは》だ疑わしい。ただ、日蓮の弟子や信者の中には、雨が降らないようにと願い、日蓮にそのように祈るべきだと進言した者が、あるいはいたかもしれない。それに対して、天下の人々が苦しんでいる時に、良観との争いにこだわって雨が降らないように祈るなどとは、考え違いも甚だしいと、日蓮がそれらをたしなめるのも当然かもしれない。あくまでも「ありそうな話」という次元のことではあるが。

これは全《まった》くの余談だが、この『爛柯堂棋話』には、日蓮と日朗が囲碁の達人《たつじん》であったことや、その対局棋譜《きふ》（日本最古の棋譜とされている）までが掲載されている。この棋譜を検討した準名人・八段の林元美によれば、ふたりの囲碁の腕前はほとんど専門家といってもよいほどのものだという。筆者は素人《しろうと》三段程度の囲碁の実力だが、かつて同好の士とこの碁を並べてみたことがあった。筆者程度の実力ではとても計り知れないほどの見事な打ち回しで、「プロ並み」という林元美の評価も、あながち大げさではないと思ったものである。

もっとも、この棋譜は「建長五年正月、松葉谷草庵」において打たれたものとなっている。建長五年の正月といえば、日蓮が立宗宣言する以前のことであり、松葉ヶ谷草庵も存在しないし、日朗もまだ弟子入りしてはいない。単純に日付を間違っただけという可能性もないではないが、後世の創作と考えるのが妥当《だとう》だろう。

ちなみに江戸幕府公認の囲碁の家元には、本因坊《ほんいんぼう》、安井、井上、林の四家があり、林家以外の三家は日蓮宗の僧籍であった。林元美の林家だけは浄土宗であったが、元美は本因坊家の出身で後に林家の家元を継いだ人間であるから、宗祖にあたる日蓮を称揚《しょうよう》するために、ことさらにふたりの棋譜を捏造《ねつぞう》したという疑いもないではない。

ただ、日蓮自身、法門の説明として「囲碁と申すあそびにしちょう（四丁）と云う事あり一の石死しぬれば多の石死ぬ、法華経も又此くの如し」（「法蓮抄《ほうれんしょう》」日蓮大聖人御書全集一〇四六ページ）というたとえを用いており、囲碁をたしなんでいた可能性は否定できない。

四、五日を経過しても一向に雨の降る気配はなかった。祈雨の成りゆきを、息をひそめて見守っていた人々の間に、次第に絶望の空気が広がっていく。執権時宗や平頼綱らの心中にも、見込み違いだったかという落胆《らくたん》と、良観に祈雨を命じた責任追及の声に対する不安の念がきざし始めていた。

良観はさらに焦《あせ》っていた。このまま雨が降らなければ、自分の立場はいったいどうなるのだろうか。世に生き仏とまで謳《うた》われた名声は、一挙に地に落ちよう。鎌倉はおろか日本中から笑われもしよう。そうなれば外を歩くこともできなくなる。最悪の場合には、幕府から何らかの咎《とが》めを受けることすらあるかもしれない。そして、あの日蓮……。それ見たことか、という日蓮の嘲笑《ちょうしょう》するさまが、祈禱の間中、良観の脳裡《のうり》に時折浮かんでくる。

『おのれ、日蓮……』

いつしか、良観は、雨の降らないのは、どこかで日蓮が妨害しているからかもしれない、いや、きっと日蓮は一心不乱に、雨を降らせまいとするよこしまな祈禱を密《ひそ》かに修していいるに違いない、そう妄想するようになっていた。

『負けはせぬ。うぬなどには絶対……』

良観の頭の中で、妄想と日蓮への恨みが肥大していった。

良観は、多宝寺などからさらに弟子数百人を召集し、極楽寺だけでなく、屋外でも大々的に護摩《ごま》を焚《た》いて祈った。鎌倉には雨乞いの池と通称される池があるが、こうした大掛かりな祈禱にもかかわらず、雨はついに一滴も降らなかった。

祈禱が始まって七日目、六月二十四日の午後、日蓮は入沢の入道と周防房のふたりを、再び草庵に招いた。ふたりは、七日前の挑戦的な態度とは打って変わって、神妙な面持ちで日蓮の前に端座した。

「ご足労痛み入ります」

正座したふたりに軽く一礼して、日蓮も静かに端座した。

「日蓮殿」

入沢の入道が、やや思い詰めたような眼差しを日蓮に向けながら口を開いた。

「御房と七日前に交わした約定は、我らもゆめゆめ忘れてはおり申さん。さりながら……」

入道はここで口籠《くちご》もった。

「今日は六月二十四日、良観房が雨乞いを始められてちょうど七日目……」

日蓮は手にした手ぬぐいで、軽く顔の汗をぬぐいながら言葉を続けた。

「それにしても相変わらず蒸し暑うございますな」

「期限は今日いっぱいなれば、まだ雨が降らぬと決まったわけではありませぬ」

周防房が、口をとがらせた。

「まあ、それはたしかにそうですが、もうじき申《さる》の刻（午後四時）になろうかというのに、日差しは相変わらず強く、天には一辺の雲さえ見えません。一滴の雨とて降る兆しがない以上、良観房も覚悟を決めて、この日蓮との約定に従うべきかと存ずるが、いかに」

日蓮が静かに申し渡した。

「いや、しかし……」

「あいや、周防房」

なおも何か反論しようとする周防房を入沢の入道が制した。

「我らがここで言い争うても詮《せん》なきことぞ。これより極楽寺に参って良観上人にお目通りし、まずはご意向を伺《うかご》うてみようぞ」

「むむ、元より……。されば上人にも上人のお考えがあろう……」

周防房は腕組みをしながら目を伏せた。

「いやしくも世に高僧と仰がれる良観房のことなれば、この日蓮との約定を反故《ほご》にするとは思われませぬが、事の成就《じょうじゅ》が叶《かな》わぬ以上、出処進退は潔《いさぎよ》く召《め》されるよう、くれぐれもよろしくお伝え下され」

「御房の口上はしかとお伝え申そう。その上で我ら良観上人のご存念を承《うけたまわ》り、御房にお伝えしようほどに、まずはこれにてひとまずおいとまいたす」

入沢の入道は日蓮に軽く一礼し、周防房を促《うなが》して立ち上がった。

「使者の儀、ご苦労に存ずる」

日蓮はかすかに笑みを浮かべながら、ふたりを見送った。


申《さる》の下刻《げこく》（午後五時）を少し回った頃、入沢の入道と周防房のふたりは極楽寺に入った。本堂では、護摩の噴煙《ふんえん》が濛々《もうもう》と立ち籠《こ》め、数百人の僧たちが、一心不乱に請雨経の読経《どきょう》に励《はげ》んでいた。しかし、そこには導師たるべき良観の姿はなかった。

「はて、どこへ行かれたのか」

ふたりは良観の姿を求めて、境内《けいだい》の坊を訪ね歩いた。やがて、ひとりの所化《しょけ》の案内によって、一坊の庫裏《くり》に上がってみると、そこに休息中の良観の姿があった。

「ご上人様……」

周防房が良観に声をかけ、両手をついてうやうやしくお辞儀をした。入沢の入道も後からそれに続いた。

「………」

良観は脇息《きょうそく》に右肘《ひじ》をのせ、胡座《あぐら》をかいていた。その身体《からだ》は大きく右に傾いている。ふたりの姿を見ても、無言で、その瞳孔《どうこう》はとろんとしてあらぬ方角を見つめていた。

「恐れながら、ご上人……」

入沢の入道がやや大声で呼びかけると、良観はわずかに身体を動かし、うつろな目でふたりを見やった。

「御休息のところを、誠に恐れ入りますが……」

良観の憔悴《しょうすい》しきった姿を目のあたりにして、周防房が恐る恐る切り出した。

「ご上人には、すでにお諦《あきら》めなのですか。まだ何刻《なんどき》かあると申しますのに、はや祈禱《きとう》をおやめになられたのですか」

周防房は、半分泣きそうな顔で良観に迫った。

「……なんだ……そちは……周防房ではないか……」

良観がさも大儀《たいぎ》そうに、切れ切れな言葉を発した。

「ご上人、しっかりなされよ。こんなことでは、日蓮の軍門に下ってしまいますぞ」

入沢の入道が、やや語気を荒げた。

「なにぃ、日蓮だと？」

日蓮の名前を聞いて、良観はうつろだった目を一瞬ぎらりと輝かせた。

「されば、我ら両人は、ただいま松葉ヶ谷《まつばがやつ》より参り、日蓮の口上を預かって参った。本日このまま雨が降らねば、潔く日蓮の弟子となれと、祈禱の前に交《か》わせし約定のことを申して参りましたぞ。ご上人、その期限が迫っておると申すに、この体《てい》たらくは何としたこと……」

入沢の入道は、半ばあきれ顔で吐き捨てるように問い詰めた。

「その方らは、この良観の弟子か、それともあのくそ坊主日蓮の弟子かっ！」

脇息にもたれかかっていた良観が、突然半立ちになって毒づいた。

「むろん、良観上人の門下にござる」

入沢の入道がむっとして答えた。

「ふん、そうであるか。そなたらの申しようはまるで、日蓮の回し者ではないか」

良観はぷいと横を向きながら、嫌《いや》みを言った。

「ああ、お情けのうございます。天のお恵みなく、雨が降らぬのは残念至極なれど、せめて……」

周防房は泣き出していた。日頃師として仰いできた良観、世人から生き仏と崇《あが》められることを誇りと思い、信仰の炎を燃やしてきたおのれであったが、いま祈雨に失敗して心をすさませ、弟子に向かって八つ当たりする師の姿に接して、言いようのない悲しみが込み上げてきていた。

「……許せ、ちと言い過ぎた……」

良観はそう言うと、きちんと正座し直した。

「雨乞いの修法は打ち切ったわけではない。明日からのあらたなる祈禱のために、英気を養っておったまでのこと。そこへそなたらが参って、我が想念を乱すようなことばかり申すので、思わず短腹《たんぱら》を起こしたのじゃ」

「え？　上人、今何とおっしゃられた。明日からのあらたなる祈禱のため、と、たしかにそうおっしゃりましたか」

入沢の入道がびっくりして尋《たず》ねた。

「いかにも。本日午《うま》の刻（昼時）、幕府に使いを出し、先ほど、さらなる七日間の祈禱をご許可いただいたのだ。されば、明日よりは、いっそう心を励まし、身を尽くして祈ろうほどに、今度は必ず雨を降らしてみせよう」

良観は、わざと胸を張り、声を励ました。

「…………」

入沢の入道と周防房とはしばし絶句していたが、やがて入沢の入道が重い口を開いた。

「もう七日間、ですか……。さりながら、日蓮との約定はどうなされますのか」

「日蓮、か。あやつめ、よこしまなる祈禱を行って、我が修法を妨害したものと見える。たかが乞食僧《こつじき》と侮《あなど》っていたが、思いのほか邪気の強い狂僧であったわ。今度は油断せず、心してかかろうほどに、雨は必ず降る。日蓮のことなど捨て置け」

「そうは参りますまい。こたびのことを、上人と日蓮との合戦だと思っている世の人々もおり申す。明日からも祈禱を続けることについては、我らがとやかく申すことではありませぬが、日蓮に対してしかと申し開きをしておかねば、後々、上人のお名に傷が付きかねませぬ」

「幕府がもう七日間の祈禱を認めたのだ。されば、日蓮との約定も、あと七日間の修法によって決するのが当然じゃ。その方ら、松葉ヶ谷に行って、そのように申せ」

良観は、入沢の入道に向かってそう言うと、厄介《やっかい》払いでもするかのように、手の甲をひらひらさせて、ふたりに立ち去るように促した。

ふたりは暗澹《あんたん》たる思いで極楽寺を後にし、再び松葉ヶ谷へと向かった。日はようやく西に傾き、草庵《そうあん》を赤く浮かび上がらせていた。

祈雨合戦の延長という良観の申し入れを、日蓮はすんなりと受け入れた。日蓮からきつく難詰《なんきつ》されることを覚悟していた入沢の入道と周防房のふたりは、ひとまずほっと胸をなでおろした。しかし、日蓮には確信があった。良観の邪法邪義による祈禱では、絶対に雨は降らない、と。

果たして、良観らはさらに衆を集め力を注いで七日間を勤めたが、ついに一滴の雨も降ることはなかったのである。

行敏訴状

良観《りようかん》は、ひとり寝所で身を震《ふる》わせていた。恥辱《ちじよく》、悔恨《かいこん》、そして怒りとが複雑にないまぜとなった、何ともやるせない感情に、自身どうしてよいのか分からず、ただ一向に眠れないでいる我が身をもて余していた。

何度か床には就《つ》いたものの、煩悶《はんもん》、懊悩《おうのう》するたびにどうにも目が冴《さ》えてきてしまう。昨夜もほぼ一睡もできずに朝を迎え、身体《からだ》はぐったりと疲れているはずなのに、何度も布団を撥《は》ね除《の》けては、胡座《あぐら》をかき、腕組みをして、また同じことばかり考えてしまう。

ついに、夜はしらじらと明け、かすかに早暁《そうぎよう》を告げる鶏の鳴く声が聞こえてきた。

「ふう……」

良観はひとつ大きなため息をつくと、床の上に大の字になった。

「日蓮め、どうしてくれるか見ておれ」

充血した目をかっと見開いて、良観は天井に向かってつぶやいた。天井には、彼を哀れみ蔑《さげす》むかのような、日蓮の笑い顔が浮かんでいた。

二七、十四日間の祈禱にもかかわらず、一滴の雨も降らなかったことによって、良観は著《いちじる》しく面目を失った。弟子や信徒は、彼の胸中慮《おもんぱか》って、敢《あ》えて何も口にする者はなかったが、良観には、彼らの胸中のつぶやきが聞こえるような気がしていた。

『情けない……』

『生き仏などとは、とんだ買いかぶりだったか』

『恥さらしもいいところよ』

会う人ごとに、その顔がそう言っているように思えた。いや、思うだけではなく、人々のそうした声が、良観の耳には幻聴《げんちょう》となって聞こえてきた。

『いっそ、声に出して罵《ののし》ってもらった方が、どんなに気が楽なことか……』

さすがの傲慢《ごうまん》な良観も、人々の沈黙がかえって心に突き刺さり、ノイローゼ寸前であった。

そんな時、日蓮からの口上が入沢《いるさわ》の入道から伝えられた。祈雨が不調に終わった翌日の夕刻のことである。

良観御房は必死に雨を祈ったのに、汗を流し涙が下るのみで雨を降らしかね、逆風が吹くのみであった。一丈の堀を越えられないものが、どうして十丈二十丈の堀を越えることができようか。かつて和泉式部《いずみしきぶ》は色好みの身で、和歌を詠《よ》み、また能因法師《のういんほうし》は破戒僧《はかいそう》でありながら、やはり歌を詠んで雨を降らせたというのに、どうして二百五十戒をたもった人々が百人千人と、七日十四日と祈って雨が降らずに大風ばかり吹いたのであろうか。このことをもってよくわきまえるべきであろう、あなたがたの往生はとても叶《かな》うものではないということを。

当然予想されたこととは言え、日蓮の批判は辛《しん》らつであった。

和泉式部とは、平安時代の歌人として有名で、和泉守橘道貞《みちさだ》に嫁いで娘（「大江山いく野の道の遠ければ　まだふみも見ず　天橋立《あまのはしだて》」の歌で有名な小式部内侍《こしきぶのないし》）を産んだ後、宮中に仕《つか》えて、冷泉《れいぜい》天皇の皇子《みこ》、為尊《ためたか》親王、敦道《あつみち》親王のふたりの寵愛《ちょうあい》を受け、さらに藤原保昌《やすまさ》の妻となった。つまり恋多き女としても有名だったので、「色好みの身」と評されたのである。

この和泉式部が、旱魃《かんばつ》に際して

ことわりや　日の本なれば　てりもせめ　さりとてはまた　天《あめ》が下かは

という歌を詠んで、雨を降らせたという言い伝えがある。

「この国は日の本（日本）というくらいだから、日が照るのは道理だけれども、天《あめ》が下（天下）という言い方もあるのだから、雨が降ってもよいのに」というような趣旨《しゅし》である。

もうひとりの能因法師も平安時代の歌人で、伊予《いよ》国（愛媛県）を襲った大旱魃に際して

天の川　苗代水《なわしろみず》に　せきくだせ　天《あま》くだります　神ならば神

という歌を三島神社に奉納《ほうのう》したところ、たちまち雨が降ったという。「天の川よ、その堰《せき》を切って苗代に水を下してくれ。神というのが天から天下った神だというなら、それくらいはできるだろう」といったような意味である。両方の歌ともに、なかなかしゃれた語呂《ごろ》合わせを使っているが、雨を願う気持ちはよく表れている。

日蓮は、こうした伝承を例にとりながら、日頃、大言壮語《たいげんそうご》していた良観の修法などというものが、彼が馬鹿にしていた和歌の力にも及ばないものであり、色好みの女人や戒律破りの僧にさえはるかに劣《おと》るものであると断じたのである。

祈雨の争いに敗れたうえにこうまで批判されては、普通の神経の持ち主ならば、恥ずかしくて人前に出られるものではないし、ましてやこれまで説いてきた法門を引き続き説いて回るなどという厚かましい真似《まね》は、到底できることではない。

だが、この日蓮の揶揄《やゆ》にも近い痛烈な批判は、かえって良観の厚顔無恥《こうがんむち》な本性に火をつけたと言えるかもしれない。祈雨の失敗に対して周囲が腫《は》れ物にさわるようにして避けていた昨夜から今夜にかけては、良観も胸中の無念のやり場を探しあぐねていたのだが、日蓮の口上を聞いて、ようやく、そのねじれた根性が、鬱憤《うっぷん》の出口を見つけたかのようであった。

恨むべきは、自己の未熟にあらず、法力の至らざるにあらず。ただ、憎むべきは、不遜《ふそん》なる狂僧、日蓮……。

恥辱《ちじょく》と悔恨《かいこん》はいつしか脳裡《のうり》から消え去り、ただ怨恨《えんこん》の炎だけが、次第に良観の脳髄《のうずい》を焼きつくそうとしていた。

そして、日蓮への復讐《ふくしゅう》をいかに果たすか、その一策を思いついた時、良観は二日ぶりにようやくまどろみ、すぐさま高いびきをかきだした。

七月八日の夕刻、一通の書状が松葉ケ谷《まつばがやつ》の日蓮のもとに届けられた。

「未《いま》だ見参《けんざん》に入らずと雖《いえど》も事の次《ついで》を以て申し承るは常の習に候か、抑《そもそも》風聞の如くんば所立の義尤《もっと》も以て不審なり」

書状の書き出しはこうなっていた。

「まだお目にかかったことはないが、何かの折によく耳にするというのはよくあることである。それで、聞くところによれば、あなたの唱えている教義には非常に疑問がある」というのである。

そして、書状には続いて、日蓮の教義に対する疑問点が列挙されていた。

第一に、法華経以前に説かれた一切《いっさい》の諸経は皆妄語《もうご》（うそ）であって出離《しゅつり》（成仏）の法ではないとしていること、第二に、大小の戒律は世間を惑《まど》わすものであって悪道に堕とす法であるとしていること、第三に、念仏は無間地獄の業であるとしていること、第四に、禅宗は天魔《てんま》の説であって、もしこれに依《よ》って行ずる者は悪見を増長させるとしていること、もし、こうした説を日蓮が唱えているというのが事実ならば、仏法の怨敵《おんてき》である。したがって対面してその悪見を打ち破りたいと思う。あるいは、そのような事実がないというのであれば、どうしてそういう悪名が流されるのか（風聞《ふうぶん》が立つのか）、その是非（確たる根拠）をお示しいただきたい。

書状の内容は、おおむねこのようなものであった。

差出し人は「僧行敏《ぎょうびん》」となっており、花押《かおう》が書かれてあった。

日蓮は書状を一読すると、しばしの間、目をつむって黙考した。

『なるほど。人を使って、このような挙に出てきたか……』

行敏とは、浄土宗の僧で、法然の孫弟子にあたる浄光明寺の念阿良忠《ねんありょうちゅう》の弟子である。

日蓮はかねがね諸宗、とりわけ浄土宗を痛烈に批判してきていたから、浄土宗の僧が反感を持つのは当然のことと言えたが、これまで面識もない一僧侶が、すでに一宗一派を構える日蓮に対して問答を申し込むというのは、いささか唐突《とうとつ》と言わざるを得ない。書状で取り上げているような日蓮の教説は、建長五年（一二五三）の立宗宣言以来、諸処において説いてきた法門であり、文応元年（一二六〇）には、幕府に『立正安国論』を上程、念仏者等によって松葉ヶ谷の草庵《そうあん》を襲撃され、翌年には伊東へ流罪《るざい》されるなど、すでに広く世間に知られてきたところである。さらに文永五年（一二六八）、日蓮は執権北条時宗をはじめとする幕閣や、建長寺道隆《どうりゅう》、極楽寺良観などの有力寺院の院主ら十一カ所に書状を送り、公の場での法論《ほうろん》対決を訴えてもいた。

日蓮の教義に疑問があるというのであれば、法論を挑《いど》む機会は、これまでにいくらでもあったはずであるし、浄土宗の僧侶という立場であるならば、はるか以前に法論しているべきだった。だが、実際に対決を望んでいたのは日蓮の方であり、日蓮に批判された諸宗派の者たちは、法論によってではなく、草庵襲撃という暴力によって、あるいは、権力を動かして日蓮を流罪にするといった悪辣《あくらつ》な手段によって、むしろ対決を回避《かいひ》してきていたのである。

仏教における法論対決には一定のルールがあり、一方の問いに対して、受ける側は、それがどの経典のどの文に答えがあるのか、その根拠を示さなければならない。双方が相互に問いを発していくわけだが、経文を示せずに答えに詰まれば、そこで法論は負けとなる。

日蓮は少年時代に「日本第一の智者となし給え」と虚空蔵《こくうぞう》菩薩に祈ったと言われるが、当時の日本仏教界における最高学府ともいうべき比叡山延暦寺《ひえいざんえんりやくじ》での修行時代に、すでにその学識をたたえられる秀才であった。『立正安国論』を著すために、駿河《するが》の岩本実相寺で、膨大《ぼうだい》な一切経（すべての経典。八万法蔵と呼ばれる）を読破してもいる。まともに法論などしては、誰も日蓮にかなわないであろうことは、当の念仏僧たちにもよく分かっていたのである。

だから、正面から日蓮に法論を挑む者もなかったし、日蓮の公場対決の申し出に対しても、世に高僧と崇《あが》められていた諸寺の院主クラスは、これを黙殺し、対決を避けてきたのである。

それを、行敏ごとき若輩《じゃくはい》が日蓮に挑んでくるなどとは、まことに片腹《かたはら》痛いと言わねばならないが、良観が祈雨に失敗して面目を失った直後のことだけに、これには何か裏があるに相違《そうい》なかった。

実際、良観は祈雨《きう》に失敗して一度は深く落ち込み、二日間というものは極楽寺に潜んで人前に姿を現さなかったのだが、やがて自《みずか》らの恥を糊塗《こと》し、あわよくば日蓮に一泡《ひと》泡《あわ》吹かせようとの策を思いついて、かねて親しくしていた念阿良忠と弟子の行敏、それに同門の道阿道教《どうあどうきょう》の三人を極楽寺に招いて密議をこらしたのである。

「日蓮めは、我らが必死に祈りしことをあざ笑い、この良観を辱《はずかし》めたばかりか、日頃昵懇《じっこん》の方々、わけても浄土の諸寺、諸僧を、図にのって誹謗《ひぼう》いたしておる。雨の降らぬは民の災なるに、彼奴《きやつ》は大喜びで高笑い致しておるそうな。良観ひとりが辱められることはまだしも、日蓮の所業は断じて許しがたい。鎌倉に高僧なしと思い上がる彼奴めの鼻柱を折らんがため、是非に皆様方のお力をお借りしたい」

良観は言葉巧みにそそのかした。祈雨に失敗したのは己《おのれ》の力のなさであることは棚《たな》に上げ、日蓮の批判を逆に利用して、いつの間にか念阿良忠らを泥仕合《どろじあい》の場にひきずりこもうというのである。

が、良観はもちろん、念阿良忠も道阿道教も、日蓮の学識のほどは知っている。法論など挑んで敗れるようなことがあっては、恥の上塗りである。その点、弟子の行敏ならば、法論に敗れてもどうということはない。もし日蓮が法論を受けて立つならば、法論の判者も聴衆も一門の者を集め、数に物を言わせれば、あるいは勝ち目もあるかもしれない。

あるいは、法論には勝てなくても、あの過激な日蓮のことだから、幕府批判などの不穏当な言動を引き出せるかもしれない。その言葉尻《じり》をとらえて、幕府に訴えることもできよう。

日蓮が法論を拒否すれば、「日蓮が逃げた」と大々的に喧伝《けんでん》すればよい。いずれにしても、日蓮に法論を挑めば、鎌倉じゅうの話題となり、祈雨のことなど皆忘れてしまうだろう……。

良観の策略は、一石二鳥も三鳥も狙《ねら》う、狡智《こうち》に長《た》けたものだったのである。

日頃尊敬する良観や、師匠筋のふたりに見込まれて、行敏は奮《ふる》い立った。何の日蓮ごとき乞食《こつじき》僧侶、すぐさま立ち往生させてみせましょう、とばかりに胸を張った。彼は、学識においても並ぶ者なしと言われる日蓮の実力を知らぬ、井の中の蛙《かわず》に過ぎなかった。が、良観らはそれを承知のうえで、行敏を捨《す》て駒《ごま》にしようとする。酷薄《こくはく》な者たちの神輿《みこし》に乗った行敏こそ、哀れである。

日蓮は、行敏からの書状の裏に、良観の狡猾《こうかつ》な策謀《さくぼう》のあることを、さすがに直感していた。法論対決はもとより望むところだが、祈雨の失敗という、あれだけ明々白々たる結果を前にしても、言を左右にしてうやむやにしようという良観である。彼らの土俵《どひょう》に乗っては、いかなる法論も公正に行われるはずがない。負けと見れば、騒動を起こしてでも妨害するかもしれないし、結果をねじ曲げて、破廉恥《はれんち》にも勝ったと言いふらすかもしれない。行敏ごとき習いそこないなど、もとより一蹴《いつしゆう》することはたやすいが、法論とも言えぬような泥仕合に付き合うのもつまらない……。

五日後、日蓮は行敏に対して返書を認《したた》めた。内容は実に簡潔にして明瞭《めいりよう》だった。

私的な問答では意味がない。幕府に上奏《じょうそう》し、その仰せにしたがって是非を糾明《きゅうめい》するべきだと思う。

返事はこれだけである。公の場できちんと黒白《こくびゃく》をつけようではないか、というわけである。私的な法論《ほうろん》を挑んで、何とか日蓮に襤褸《ぼろ》を出させようという良観らの思惑《おもわく》を、たった一言で粉砕《ふんさい》してしまったのである。

返書を受け取った行敏は、ただちに念阿良忠、道阿道教とともに、極楽寺を訪ねた。

「上奏を経て問答を致そうとの日蓮の申しようは、もっけの幸いと申すもの。この際公の場にて黒白をつけてくれましょうぞ」

行敏が意気込んだ。

「もとより、日蓮の非を明らかにいたすは、我らの望むところ。さりながら、彼の者は老練にして希代《きたい》の口達者《くちだつしゃ》。心してかからねば、いかなる術中にはまるとも限らぬ」

念阿良忠が、血気にはやる行敏をややたしなめるように慎重論を説く。

「さて、そのことよ。行敏殿の力量を疑うわけではないが、良忠殿のおっしゃるように、日蓮は企《たくら》み深き者。幕府へ訴状《そじょう》を提出いたすのは当然として、その中身を今少し吟味《ぎんみ》いたす必要がありましょうな」

極楽寺良観は、言いながら三人の顔を順にゆっくりと見まわした。

行敏名義による訴状は、七月二十二日、幕府に提出された。それには、良観の入れ知恵によって、法門に関すること以外にも、日蓮を難詰《なんきつ》する項目が加えられていた。

行敏の最初の書状では、純粋に法門上の疑義だけが指摘されていたのだが、今回幕府に訴状を提出するに当たっては、日蓮の所業《しょぎょう》、言動に関する問題点を新たに追加し、日蓮が、危険な存在であることを印象づけようとしていた。これには、日蓮を、幕政を批判する者、治安を乱す者、さらには謀叛《むほん》を企む者として、あわよくば検断沙汰《けんだんざた》（刑事事件）に持ち込もうとの狡猾《こうかつ》な狙いが秘められていた。

夜、日蓮は松葉ヶ谷の草庵で、静かに筆をとっていた。長かった残暑はようやく和らぎ、鈴虫の音が、涼《すず》やかな風とともに、秋の到来を告げていた。

当世日本第一の持戒《じかい》の僧・良観聖人並びに法然上人の孫弟子念阿弥陀仏・道阿弥陀仏等の諸聖人等日蓮を訴訟《そしょう》する状に云く早く日蓮を召し決せられて邪見を摧破《さいは》し正義を興隆せんと欲する事云々、日蓮云く邪見を摧破し正義を興隆せば一眼《いちがん》の亀の浮木《ふぼく》の穴に入るならん、幸甚《こうじん》幸甚。

幕府を通してもたらされた行敏からの訴状に対する返書は、このような書き出しで始まっている。訴状の名義人である行敏は日蓮の眼中にはなく、良観らの名前を列挙することで、訴訟の黒幕が良観らであることを、初めに明示したのである。

行敏の訴状は、十二項目について日蓮を難詰するものであったが、前半の六項目は、「八万四千の教乃至《ないし》一を是とし諸を非とする理」「法華一部に執《しゅう》して諸余の大乗を誹謗《ひぼう》」

「法華前説の諸経は皆是れ妄語《もうご》」「念仏は無間の業」「禅宗は天魔波旬《はじゅん》の説」「大小の戒律は世間誑惑《おうわく》の法」といった教えを日蓮が説いていることに対する難詰である。これに対して日蓮は、いちいち経文や論釈等を挙げて勝手な自説ではないことを明らかにしながら、理路整然と応じた。

後半の六項目は、日蓮が「弥陀観音等の像を火に入れ水に流せと言っている」「念仏持戒等の法を毀謗《きぼう》している」「法華守護と号して兵杖を貯《たくわ》えている」「凶徒を室中に集めている」「建長寺、極楽寺、多宝寺、大仏殿、長楽寺、浄光明寺以下の諸伽藍《がらん》を焼き払い、禅僧・念仏僧等の首を斬《き》って由比ヶ浜《ゆいがはま》に懸けろと言っている」といったことを問題にしている。法門以外の問題を持ち出してきているわけで、良観らの狙《ねら》いは、言うまでもなくこの後半部分にあった。

日蓮は、これらについて、まず確かな証人を差し出して申すべきこと、証拠がなければ、それは良観らの所業を日蓮に負わせようとするものであると切って捨て、経文や論釈等を詳しく挙げながら、自身の正当性を明快に主張している。

日蓮はこの返書を一気に認《したた》め終わると、立ち上がって窓外を一瞥《いちべつ》した。鬱蒼《うっそう》と茂る樹木の合間で、漆黒《しっこく》の闇《やみ》がかすかに白みかけようとしていた。

極楽寺良観らが、幕府からの再訴状提出の請求とともに、この日蓮の返書を受け取ったのは、八月十日頃のことであった。行敏名義による訴状に対して、日蓮が逐一《ちくいち》反論を加えたことによって、今度は行敏側がそれに対する再反論を提出しなければならない。さらにそれに対する日蓮の再々反論があれば、いよいよ両者を召し合わせての対決ということになる。

だが、日蓮の返書を前にして、良観らは沈黙せざるを得なかった。日蓮の反論には一部の隙《すき》もない。法門上はもちろん、政治的な観点からも、日蓮は良観らが期待していたような襤褸《ぼろ》は、全《まった》く見せなかったのである。

それでも若い行敏は再反論を提出すべく、彼なりに草稿《そうこう》を練ってその下書きを良観らに示したのであるが、それが全く反論になっていないことは、良観らには一目瞭然《いちもくりょうぜん》だった。もはや行敏を表に立てて、日蓮と堂々の問答を行うなどは、恥の上塗りとなるだけである。

「行敏殿、いろいろとご苦労であった。したがこの件はこれまでといたそう」

良観がゆっくりと切り出した。

「何故《なにゆえ》にございますか」

行敏は納得がいかないという体《てい》にて、なおも再訴状の提出にこだわった。

「水掛け論になるだけなのじゃ」

師匠の念阿良忠が諭《さと》すように言った。

「さよう。もとより、正義は我らにある。さりながら、この返書を見ても、日蓮は一筋縄ではいかぬ男。口八丁手八丁の輩《やから》ゆえ、理屈で争っても埒《らち》があかぬのよ」

道阿道教も行敏を説得にかかる。

「……」

三人から諭されては、行敏は沈黙せざるを得ない。

「日蓮のことについては、拙僧《せっそう》に思案があり申す。決してこのままには済まさぬほどに、万事お任《まか》せ願いたい」

良観が、行敏ら三人を順に見渡すようにして、ゆっくりと語った。

結局、再度の訴状提出は見送られた。これによって、訴訟は行敏側の敗訴となるが、良観は法門の対決ではなく、別の手段を以《もっ》て日蓮を陥《おとしい》れることを、すでに以前から計画していた。

そのひとつは、行敏の訴状にある「建長寺、極楽寺、多宝寺、大仏殿、長楽寺、浄光明寺以下の諸伽藍《がらん》を焼き払い、禅僧・念仏僧等の首を斬《き》って由比ヶ浜に懸けろと言っている」との点に関して、建長寺道隆など、幕閣に絶大な影響力を持つ諸宗諸派の高僧を巻き込み、日蓮弾劾《だんがい》の流れを作ることであった。

良観は精力的に諸寺を訪ね、日蓮がいかに危険な存在であるかを説いてまわった。

これらの諸寺は、日蓮が三年前に書状を出して公場対決を迫った面々である。もとより日蓮の存在を苦々しくは思っていたが、良観の言葉巧みな煽動《せんどう》もあって、とりわけ建長寺道隆《どうりゆう》は強く心を動かされた。

道隆は、字《あざな》を蘭渓《らんけい》といい、大覚《だいかく》禅師と称されて、北条時頼をはじめとする有力武士らの厚い帰依《きえ》を受けた。南宋《なんそう》の人で、寛元《かんげん》四年（一二四六）に弟子とともに日本に来朝し、京都から鎌倉へとおもむき、建長五年（一二五三）、北条時頼が建長寺を建立すると、その開山となった。建長寺は後に鎌倉五山の第一とされたほどの名刹《めいさつ》である。

こうした道隆ではあったが、弟子の讒言《ざんげん》などに遭《あ》い、甲斐《かい》に二度流罪《るざい》されている。いかに有力者の帰依を集めていると言っても、些細《ささい》なところに破滅への危険はある。そのことを身を以《もつ》て知る道隆だけに、彼は彼なりに、日蓮を危険な存在として以前から警戒していたところへの良観の誘いである。当然のように良観に同調し、幕府の有力者へ、日蓮の断罪を働きかけることに合意したのであった。

かくして良観は、日蓮弾劾《だんがい》という一点で、道隆ら有力どころを己の陣営に巻き込むことにほぼ成功すると、さらにもうひとつの工作にとりかかっていった。

讒言

鎌倉の西端近く、極楽寺の切り通しと言われる坂を上り切ったあたりを右に曲がり、極楽寺川と呼ばれる小川にかかる橋を渡ると、壮麗《そうれい》な造りの仁王門《におうもん》がある。前後を各四人の武士に護衛され、両脇《りょうわき》にふたりの女官を従えた貴人用の豪華な駕籠《かご》が、この門をくぐった所へ、大勢の門下を従えた良観が現れた。

「これは、ご上人おん自《みずか》らのお出迎えとは、痛み入ります」

駕籠の扉を開けて、中から声を発したのは、故最明寺入道北条時頼の未亡人であった。時頼亡き後、出家して尼御前となった彼女は、この極楽寺を開いた故北条重時の娘（養女とする説もある）で、現執権時宗の生母であり、北条一門にとっていまだ隠然たる影響力を持っていた。

「かかる僻地《へきち》へのお運び、その信心の誠は、天もご照覧のことと存じます」

良観は、歯の浮くような世辞《せじ》を言いながら、尼御前に対して恭《うやうや》しく頭《こうべ》を垂《た》れた。

「この尼の信心ごときは取るに足らぬこと。それよりご上人様こそ、日頃より病《や》める者、貧しき者に慈悲《じひ》を垂れ、先頃は天下万民のために、雨乞《あまご》いの祈禱《きとう》をなされしこと、陰ながら深く崇敬《すうけい》いたしておりました。祈雨《きう》の件については、いろいろ申す者もおるやに聞き及びますが、この尼はご上人の法力《ほうりき》によって、先日の豪雨があったと、固く信じております」

数日前、関東地方を襲った台風のおかげで、さしも続いた大旱魃《かんばつ》もようやく終わりを告げ、鎌倉の町にもわずかながら生気が戻りつつあったが、これを今さら良観の祈雨の成果と考える者はさすがに誰《だれ》もいなかった。当の良観にしても、一月近くもたってからの雨では、さすがにその霊験《れいげん》を誇るほどの厚かましさはなかったのであるが、父にゆかりの極楽寺を愛し、良観に厚く帰依《きえ》する彼女だけは、台風による雨が良観の祈雨によるものと信じていたかったのである。

「それはそれは……。まことに見上げた信心かと……。さ、それはさておき、方丈《ほうじょう》にて粗餐《そさん》をご用意いたしましたゆえ、拙僧《せっそう》がご案内いたしましょう」

良観は、祈雨の話題を避け、駕籠から降りた尼御前を境内《けいだい》へと誘《いざな》った。

「その前に、療病院や癩宿《らいしゅく》などの様子を拝見したく存じますが」

療病院、癩宿とは、極楽寺に付属し、重病人や孤児などを受け入れて治療などを行う施設である。近年打ち続いた天変地異、飢饉疫病《ききんえきびょう》等によって、鎌倉市中には餓死者や伝染病による死者がおびただしい数に上った。日蓮の『立正安国論』では「牛馬巷《ちまた》に斃《たお》れ骸骨路《がいこつみち》に充《み》てり」と形容されているが、それが決して過剰《かじょう》ではないほどの惨状《さんじょう》を呈《てい》していたのである。

病人や孤児が生きたまま道ばたに放置されることも珍《めずら》しくはなく、幕府はこれらの収容方を大寺院に託《たく》したが、なかでも良観の極楽寺は積極的に施設を建設して受け入れた。ために、極楽寺良観の名声はつとに上がり、世に生き仏と崇《あが》められたのである。

良観がこうした慈善《じぜん》事業に熱心に取り組んだのは事実であるが、必ずしも、何の見返りもなく私財を投じたと考えるわけにはいかない。

たとえば、良観は鎌倉の内港たる和賀江津《わがえつ》の修築を請け負う代わりに、関米《せきまい》を取るなどの管理権を得ている。また諸社寺の造営をはじめ、社会福祉事業のための施設建築などは、幕府との共同事業という意味合いがあり、いわば、公共事業を優先的に行う権利を持つ巨大ゼネコンという側面があったことは否定できない。これらの利権によって極楽寺は大いに潤《うるお》い、最盛時には、境内に百を超す塔頭《たっちゅう》があったと言われている。

一見、慈善事業と見えるものの裏に巨大な利権が隠されているといった例は、現代にもしばしば見られる現象であるが、慈善事業家としての極楽寺良観は、幕府と結んで巨利を得る、なかなかやり手の経営者だったと言えるだろう。

「おお、これは……」

尼御前は、袖《そで》で口を覆《おお》った。療病院に収容された重病人の惨憺《さんたん》たるありさまを見て、思わず吐《は》き気を催《もよお》したのである。

「高貴のお方には、いささか刺激が強すぎたようですな。しばし方丈にてご休息なされるがよろしゅうございましょう」

「いえ、大丈夫です。……いやしくも政《まつりごと》を与《あずか》る北条一門の者として、世の現実から目をそらすわけにはまいりませぬ。ご上人、癩宿の方も、是非《ぜひ》拝見させてくださりませ」

気遣《きづか》う良観に向かって、尼御前は気丈に応《こた》えた。

「されど、御前様に万一のことがあっては、この良観、執権殿に会わす顔がございませぬ。御前様のお心はもう十分天にも伝わったことなれば、しばしご休息を」

ハンセン病は近年に至るまで誤った認識から、患者《かんじゃ》はいわれなき差別を受けてきたことは周知の通りである。古代や中世ではそれはもっと甚《はなは》だしいものだったことは想像に難《かた》くないが、それだけに、そうした患者を敢然《かんぜん》と受け入れているということで、仏の慈悲《じひ》の広大さをアピールできるというのが、良観の計算であった。

事実、良観自身がハンセン病患者に接触して治療活動を行っていたわけではない。尼御前を気遣うと見せて、自身は癩宿に近づきたくない、というのが本音であった。

「お気持ちは静まりましたかな」

良観が、にこやかに尼御前に語りかけた。

「ええ、すっかり……。それにしても、これはまた美味《びみ》なるお茶にございますね」

尼御前はそう言うと、手にした茶を一気に飲み干した。先ほどの施設とは打ってかわって、荘厳《そうごん》なたたずまいを見せる極楽寺の方丈、華厳院《けごんいん》の一室で、良観は、尼御前に南宋渡来の中国茶をふるまったのである。

北条時頼が帰依《きえ》した蘭渓道隆《らんけいどうりゆう》やその子の執権北条時宗が帰依した無学祖元《むがくそげん》など、この時代には、蒙古《もうこ》の脅威《きようい》にさらされる南宋から、禅僧をはじめとする多くの中国人が日本に渡ってきた。叡尊《えいそん》に始まる新義律宗の僧侶は、これらの人々と積極的に親交を深め、南宋との貿易にも関与していたと言われるが、叡尊の高弟であった良観もまた、貿易によって少なからぬ利益を得ていたようである。

「ときにご上人様」

茶碗《ちやわん》を手元に下ろした尼御前が、良観をまじまじと見つめながら口を開いた。

「ご門弟の方より伺《うかが》ったところでは、先の雨乞《あまご》いに際してご上人様にいろいろと難癖《なんくせ》をつけ、己《おの》が法門こそ勝《まさ》れりと吹聴《ふいちょう》いたしおる不届きの僧がおるとのこと、まことにござりまするか」

「ほう、御前様のお耳にも彼の者の高言が達しておりましたか」

良観がかすかな苦笑いを浮かべた。

「日蓮とか申すそうですね、その高慢な僧侶は。その言動に穏当ならざるものがありとて、去《い》ぬる弘長年間には幕府が伊豆に流罪《るざい》したと聞いておりますが、赦免《しゃめん》となって鎌倉に舞い戻り、性懲《しょうこ》りもなくまたいろいろとまくしたてておるとか。ご上人様を目の仇《かたき》とされておるようですが、世に生き仏と仰がれることへの悋気《りんき》（嫉妬《しっと》）なのでしょうか。ご上人もとんだ相手に見込まれたものよと、噂《うわさ》していたのですよ」

尼御前はかすかに媚《こび》を帯びた眼差《まなざ》しを良観に向けた。

「そのような噂が……」

良観はいったん言葉を区切り、軽く深呼吸すると言葉を継《つ》いだ。

「拙僧《せっそう》のことまでお気遣《きづか》いいただき、誠に恐懼《きょうく》の至りにございます。たしかに彼の僧には、この良観いささか迷惑いたしております。日蓮の言いがかりなどはもとより取るに足らぬ戯《ざ》れ言《ごと》なれば、捨て置いたところでどうということはないのですが、何しろ執拗《しつよう》に繰り返すので、無知なる者がたぶらかされぬとも限りませぬ。それに、良観一人が中傷されるほどのことなれば、甘んじて聞き流すこともできましょうが、実はそれだけではすまされぬ事態となっております」

ここまで話すと良観は、その後に勿体《もったい》をつけるように、しばらく押し黙ってしまった。

「それだけですまされぬと申しますと？」

すかさず尼御前が聞き返した。

「さて、そのことにございます」

計算どおりの尼御前の問いかけに、良観はさらに勿体をつける。

「と、その前にお茶をお持ちしましょう」

言いながら良観が立ちかけた。

「いえ、お茶は美味ですが、十分にいただきましたので……。それよりお話の続きをお聞きしとう存じまする」

「さようでございますか」

良観は緩慢《かんまん》な動作で座り直すと、二つほどせき払いをしてから伏し目がちに尼御前を見ながら、やっと話し出した。

「実は、日蓮の中傷は、この忍性《にんしょう》一人にとどまるものではございません。彼の者は以前より無間地獄の業などと念仏を口汚《くちぎたな》く罵《ののし》り、近頃は、幕府のご重役方のご帰依《きえ》によって発展の禅を天魔《てんま》の所為《しょい》と断じております。己が用いられぬことを逆恨《さかうら》みして、広く人々の信望を集める宗派、高僧をこき下ろすのは、御前様のおっしゃるように、悋《りん》気《き》より出たるものにございましょうが、それにしても、度が過ぎております。あろうことか、さるお方たちを、無間地獄に堕《お》ちたりと……」

ここで、良観はまた沈黙してしまった。尼御前は、その続きを待っていたが、良観が一向に口を開かないので、しびれを切らしてしまった。

「さるお方が、無間地獄とは、いったい誰《だれ》のことを申しておるのです？」

「いやいや、つまらぬことを申し上げました。お忘れくだされ」

「つまらぬこと？　それはいったいどういう……。この尼には何のかかわりもないということなのですか」

「それは……」

良観は、奥歯にものでもはさまったような物言いで、しきりに尼御前をじらす。

「さるお方たちとはどなたのことなのですか？　たとえゆかりなき人なりとも、気にはなりまする。ご上人様、お聞かせ願えませぬか」

尼御前は、もう気になって仕方がないという風情《ふぜい》で懇願《こんがん》する。

「下世話《げせわ》に、坊主が憎ければその袈裟《けさ》までが憎いと申します。日蓮の中傷もその類《たぐ》いやも知れませせぬ。この忍性を憎むあまりに、思いもよらぬお方の名前まで持ち出したのでしょう。御前様には、お耳の穢《けが》れ、どうかお忘れくださいますよう」

良観は伏し目がちのまま、相変わらず、尼御前をじらし続ける。

「後生《ごしょう》にございます。思いもよらぬお方とはいかなる高貴の方なのか、お教えくださされ。ご上人様を憎むあまりに持ち出したと言えば、もしや師匠にあらせられる叡尊殿……」

「いえいえ、尊師はご存命《ぞんめい》なれば、いまだ無間地獄に堕《お》ちたりとまでは申しますまい」

「では、すでに亡くなったお方のことと」

「それはまあ、そういうことになります」

「いったい、どなたを」

「いみじきことなれば、なかなか軽々《けいけい》には」

「他言《たごん》はいたしませぬ」

「もとより、御前様は賢明なお方ゆえ、この場での話をお漏《も》らしになるようなことはないと信じておりますが、しかし、事が事だけに、恐らくは心安くお聞きになることはできますまい」

良観は、ひとつずつ楔《くさび》を打ち込むようにしながら、尼御前の心を煽《あお》っていった。

「心安く聞けぬ名前と言えば、まさか……」

尼御前の脳裡《のうり》には、この時ふたりの名前がはっきりと浮かんだ。

「その、……まさかにございます。御前様ゆかりのいみじきお方、おふたりにございます」

「ち、父と、夫……。無間地獄に堕ちたりと、日蓮はそう言いふらしておるというのですか。事もあろうに、我が父と夫を」

尼御前は、怒りに声も身体《からだ》も震《ふる》わせた。

「詮《せん》なきことを申しました。奇怪なる狂僧のたわごとにござれば、もとより何の根拠もなきこと。いわれなき言いがかりなど、一笑《いっしょう》にふしてお忘れくださるよう。極楽寺入道重時様も最明寺入道時頼公も、御仏《みほとけ》の道を全《まっと》うされ、安らかなるご最期《さいご》を遂《と》げましたことは誰しも存じておる所。極楽往生は間違いなしと、この忍性も固く信じております。ですから、一介の乞食《こつじき》僧の申すことなどは」

「良観殿っ！」

尼御前がやおら立ち上がり、良観を睨《にら》みつけた。その目がやや血走っている。

「は、はい」

良観は、当惑したような視線でちらと尼御前を見上げた。が、内心では狂喜に踊りだしたいほどの気分である。

『してやったり』

尼御前の逆上《ぎやくじよう》ぶりを見て、彼は事の成功を確信した。

「日蓮めが、我が父と夫を無間地獄に堕ちたりと公言しおること、間違いはないのですね」

「それは、たしかなことにございます。されど……」

「良観殿、この尼の眼をしかと見て言ってくだされ」

尼御前は、相変わらず伏し目がちにもごもご言っている良観を、屹《きつ》と見下ろした。

「いやしくもこの良観、あやふやな噂《うわさ》程度のことで、かかる由々《ゆゆ》しき大事を語ったりなどは申しませぬ」

良観はやや切れ長の目をかっと見開き、尼御前を下からまじまじと見据《す》えた。

「さりながら……」

良観は、ここで尼御前から窓外へと視線を移して言葉を続けた。

「再三申し上げておるとおり、彼の狂僧の戯《ざ》れ言《ごと》などにお心を乱されるは愚《ぐ》の骨頂《こっちょう》。もとはと言えばこの良観の至らぬところより発したことなれば、何卒《なにとぞ》この場限りの話として、これ以上荒立てなされぬよう、お願い申します」

良観は、少しずつ言葉の調子を落としながら、努めて冷静な物言いを繰り返した。だが、尼御前は、良観の言葉など耳に入らぬほどに動揺《どうよう》し、逆上し、錯乱《さくらん》しかけていた。

「いかに良観殿の言葉とて、この尼には納得がまいらぬ。この場限りの話になぞどうしてできましょうぞ。事はそなたから出たものなどではありますまい。日蓮なるくそ坊主には、きっと企《たくら》みがあるはず。彼の者は、名越《なごえ》にゆかりがあると申す者もおるし、我が得宗家《とくそう》に仇《あだ》なさんとの心底より出たることと見ゆる。もはや法門がどうとかの話ではないぞえ。どうしてくれるか、見ておれ！」

尼御前は、これだけ言うと、着物の裾《すそ》を翻《ひるがえ》してすたすたと方丈から出ていった。

「あっ、お待ちを……」

良観は、あわてて後を追うような素振《そぶ》りを見せながら、尼御前の姿が見えなくなると、にやりと笑って、どっかと腰を下ろした。

「ふう……」

ひとつ大きなため息をつくと、良観はいつまでもにやにやと笑った。

人間の心理というものは不思議である。冷静になれと言われればかえって興奮する。事を荒立てるなと言われれば、みんなを巻き込んで大事《おおごと》にしたくなる。そうした心理の綾《あや》を、さすが老練な良観は知っていた。彼の狡智《こうち》をもってすれば、良家育ちでプライドの高い権力者の未亡人を煽《あお》って、日蓮糾弾《きゅうだん》のための行動に駆《か》り立てるなどは、朝飯前であったが、尼御前が逆上して、得宗家と名越の確執まで持ち出したのは、計算以上の成果であった。

名越というのは、鎌倉幕府第二代執権《しっけん》北条義時《よしとき》の二男朝時《ともとき》に始まる一族である。鎌倉の名越の地を領したので、この名がある。

義時の長男は第三代執権となった泰時《やすとき》で、これが北条氏の嫡流《ちゃくりゅう》、得宗家であり、第五代（時頼）、第八代（時宗）、第九代（貞時）、第十四代（高時）等の系譜《けいふ》が、北条本家筋の執権ということになる。時頼《ときより》が有力豪族の三浦一族を滅ぼした宝治《ほうじ》の合戦（一二四七年）以後は、得宗家による専制支配が進み、得宗家の当主が若年だったり、あるいは隠居したりして他の北条一門から執権が出た場合でも、実質的な権力は常に得宗家が握っていた。

義時の三男が極楽寺を開いた重時《しげとき》である。重時は時頼の連署《れんしょ》（執権の補佐役）として一門に重きをなし、その子長時《ながとき》は、時頼の隠居を承《う》けて第六代の執権となっている。この三男重時の系統からは、長時以外にも基時《もととき》（第十三代）、守時《もりとき》（第十六代）と合わせて三人の執権が出、連署も重時を含めて三人が出た。

義時の四男は、第七代の執権政村《まさむら》である。彼は執権長時の時代に連署を務め、また執権職を時宗に譲って後も連署を務めた。この系統からは、第十二代執権（熙時《ひろとき》）が出た他《ほか》、連署も何人か輩出《はいしゅつ》している。

義時の他の子供としては、実泰《さねやす》の系統に金沢文庫を開いた実時《さねとき》がおり、その金沢家からは第十五代執権の貞顕などが出ている。

このように、北条義時には多くの子供がいて、それぞれ有力な一門として執権、連署を輩出したのだが、二男である朝時の系統、すなわち名越家は得宗家に継ぐナンバー2の家柄でありながら、一人の執権も連署も出ることはなかったのである。

だが、名越の一門には、得宗家に次ぐ家格の者としてのプライドがあったであろう。得宗家を補佐し、北条一門を支えていくという使命感を持っていた。得宗家が絶えた場合には、我が一門がそれに取って代わるべきとの秘めた思いもあった。そうした思いを重ねた日々の中で、名越一門が得宗家への強烈なライバル心を持ったとしても決して不思議ではない。専制の度合いを深めていく得宗家への反発を、最も強く感じたのも、この名越家だったのだ。

逆に得宗家から見れば、このナンバー2の家柄である名越家こそが、最も警戒を要する相手だったとも言える。家柄からいって軽く扱うわけにはいかないが、さりとて隙《すき》あらば取って代わろうとの野心を抱いているかもしれないこの一族に、幕府の枢要《すうよう》な位置を与えるわけにはいかない。

北条氏は幕府草創以来、ライバルだった有力御家人を次々と滅ぼして覇権《はけん》を握ることに成功した。和田一族、比企《ひき》一族、梶原一族などを葬《ほうむ》り、ついには源将軍家をも亡《な》きものとし、最後の大物御家人の三浦氏を、時頼の時代に滅亡させた。今や北条一門に対抗できる勢力は皆無となったのだが、そうなると今度は北条氏の中での覇権争いが顕在化《けんざいか》してくる。時頼の時代はまさに、そうした北条一門内での確執が始まった時代であり、得宗家の専制支配という大きな歴史的流れが始まった時代であった。

北条一族内において、得宗家に次ぐ名門である名越は、必然的に反主流となっていかざるを得ない立場にあったのである。

　得宗家にとって、もうひとつ気になる存在が、将軍である。三代将軍 源《みなもとの》実朝《さねとも》が暗殺された後、源氏《げんじ》には将軍となるべき適当な人物が絶《た》えてしまった。そこで、幕府では、名目上の征夷《せいい》大将軍を京都から迎えることにし、当時七歳だった九条頼経《くじょうよりつね》を第四代の将軍とした。将軍といっても傀儡《かいらい》に過ぎず、何らの実権もないのだが、やがて成人した将軍自身がそうした処遇に不満を感じて、同じく体制に不満を持つ有力者に接近したり、逆に得宗家の専制に不満を抱く反主流派が将軍を担《かつ》いで反旗を翻《ひるがえ》す危険性は常にあった。

　時頼の時代には、朝時の長男である光時《みつとき》が、将軍と結んで謀叛《むほん》を企《くわだ》てているとの嫌《けん》疑《ぎ》を受け、伊豆の江間《えま》に流罪《るざい》となっている。朝時の二男時章《ときあきら》と三男教時《のりとき》は評定衆に列していたが、陰謀《いんぼう》家と言われる第六代将軍の宗尊《むねたか》親王と親しく、得宗家から常に警戒の目で見られていた。

　この話の時点から約半年後のことになるが、文永九年（一二七二）の二月には、いわゆる二月騒動《きさらぎ》が起こっている。これは、現執権北条時宗の異母兄時輔《ときすけ》と名越の一族とが謀叛を企てたとして誅滅《ちゅうめつ》された事件で、現第七代将軍惟康《これやす》親王の父である前将軍宗尊親王が黒幕であったとも言われている。この時、名越の時章と教時は幕府軍の攻撃を受けて戦死している。

尼御前が、日蓮とこの名越家には関係があると語ったのには理由がある。日蓮が草《そう》庵《あん》を営んだ松葉ヶ谷の地は、元は名越の領地である。名越氏が寄進したものか否《いな》かは確たる史料はないが、日蓮を名越氏にゆかりのある者と見ることは、根拠のないことではなかったのである。名越一族が積極的に日蓮を後援したという形跡《けいせき》は特に見当たらないし、日蓮にも有力者の庇護《ひご》を求めようとするような態度は全《まった》く感じられないから、日蓮の言動に政治的な意図があったとは思えないが、名越の動向に警戒感を持つ得宗家が、日蓮を名越につながる危険分子と見なしたとしても不思議ではない。

また、江間に流された光時とその子親時《ちかとき》に仕えた四条中務三郎左衛門尉頼基《しじょうなかつかささぶろうざえもんのじょうよりもと》という人物は、通称四条金吾、日蓮の熱心な信者として名高い。名越家や日蓮の意図がどうであれ、日蓮が政治的に反得宗であろうとする疑いは、蓋然性《がいぜんせい》が全くなかったとは言えない。

だから、尼御前が日蓮と名越の関係を持ち出したことは、どうにかして日蓮を陥《おとし》いれようと企《たくら》む良観にとって、望外《ぼうがい》の上首尾《じょうしゅび》だったのである。

極楽寺をあとにした北条時頼未亡人の尼御前は、そのまま我が子である執権時宗の屋敷に向かった。

「これは、母上」

時宗は涼《すず》やかな目で母を迎えた。

「時宗殿、そなたはご存じかえ」

尼御前は、立ったまままいきなり切り出した。

「何事でございますか、母上。とにかくまずお座りなさいませ」

時宗は、ただならぬ顔色の母親の肩をそっと抱くようにして着座を促《うなが》した。

「これ、茶を持て」

時宗が言うと間もなく、奥からまだあどけなさを残した時宗夫人が茶を持って入ってきた。彼女は有力御家人安達泰盛《やすもり》の妹である。

「さて母上、いったいどうなされました」

時宗が茶を勧めながら尋《たず》ねた。

「そなた、日蓮なる僧をご存じか？」

尼御前は勧められた茶には手をふれず、ちらと時宗夫人を見ながら言った。

「もちろん、存じております。他宗他派を痛烈に批判し、伊豆に流罪《るざい》されたこともありました。己《おの》が法門こそ勝《まさ》れりとて、三年ほど前には私のところへも書状をよこしております。先頃は極楽寺の良観上人が祈雨《きう》に失敗したとして、我が弟子になれと迫ってておるとか。なかなか強情《ごうじょう》な法師と、評判にございます」

時宗がにこやかに応じた。

「良観上人は祈雨に失敗したのではありませぬ。霊験《れいげん》の現れるのが、人々が期待したよりいささか遅れただけのこと。しかし、それはさておき、その日蓮なる狂僧が、とんでもないことを言いふらしおること、時宗殿のお耳にも入っておりますか」

「とんでもないことと申しますと？」

「やはり、まだお耳に達してはおりませなんだか」

尼御前は、ここでようやく茶を一口含むと、話を続けた。

「あろうことか、我が父極楽寺入道殿、我が夫最明寺入道殿を無間地獄に堕《お》ちたりと公言しておるそうな。そなたの祖父と父をじゃ」

「誰《だれ》がそのような」

時宗がやや顔色を変えた。

「さきほど良観上人よりしかと聞いてまいった」

「良観上人、ですか」

言いながら、時宗はかすかに含み笑いをした。

「なんですか、その物言いは。良観上人が虚言《そらごと》を申しておるとでも申すのか」

「いや、そういうわけではない。まあ、たしかに、日蓮なら言いそうなことかもしれませぬ。彼の僧は、極楽寺や建長寺等の諸寺を焼き、良観上人、道隆上人等の頸《くび》をはねよとも、申しておる由。さりながら、一介の乞食僧《こつじき》の戯《ざ》れ言《ごと》にて、捨ておいてもさほどの大事はあるまいと存ずる」

時宗は、努《つと》めて冷静な口調で尼御前に答えた。

「それは、ちと甘うはございませぬか」

言うと、尼御前は残りの茶を飲み干した。

「よいか時宗殿。日蓮は一介の乞食僧などではありませぬぞ。幕府のご重役や北条一門にも、彼の者に心を寄せる者もおるやに聞き及んでおります。とりわけ名越は陰に日向《ひなた》に日蓮を扶助《ふじょ》し、その名声を挙げさせて利用せんとの腹も見える。何にせよ、北条一門にとって夢おろそかにはできぬ極楽寺入道殿と最明寺入道殿を、口をきわめて冒瀆《ぼうとく》いたすは、すでにそのこと自体、謀叛《むほん》を企《たくら》みおる証拠《しょうこ》ではないかえ」

「謀叛とはちと大げさに過ぎましょう」

時宗は苦笑いを浮かべたが、尼御前はそれを一蹴《いっしゅう》するかのような勢いで、さらに捲《まく》し立てた。

「だからそなたは甘いと申すのじゃ。そなたの父最明寺入道殿は、名越の光時が将軍頼経公と親しくしていることを懸念《けねん》して速《すみ》やかに流罪《るざい》に処したではないか。三浦一族に対しても先手を打ち、謀叛がいまだ芽のうちに刈り取ってしまわれた。その用心深さこそが、今日まで得宗家を安泰ならしめてきたのです。相手を侮《あなど》ってはなりませぬ。ただちに日蓮を捕《と》らえ、断罪いたさねば、将来に禍根《かこん》を残しまするぞ」

「……母上のおっしゃることも、この時宗分からぬではありませぬが、ただちに日蓮を捕らえるなどとは、我らがご定法《じょうほう》になきこと。まずは日蓮の申すところを調べ、場合によっては本人を召し出して事の真偽《しんぎ》を確かめねばなりますまい。また、引付方《ひきつけ》に て詮議《せんぎ》いたし、もし検断沙汰《けんだんざた》に値《あたい》するならば日蓮を召し捕るということになりましょうが、いずれにしても、踏まねばならぬ手続きというものがございます」

時宗は、いきなりの日蓮捕縛《ほばく》が、法の定めることから逸脱《いつだつ》していることを、諭《さと》すように説明した。

「何も分かっておらぬではありませぬか。事は幕府と得宗家に対する謀叛なのですよ。謀叛人を相手に、ご定法がどうの、手続きがどうのと悠長《ゆうちょう》に構えていては、こちらが滅《ほろ》ぼされるのですぞ」

「ですから、それはあまりに大げさと申すもの。事の真偽をまずは冷静に見きわめねば、と申し上げておるのです」

時宗の口調にいつしかいら立ちの色が浮かぶ。だが、それにも増して、尼御前は怒気《どき》を隠さない。

「詮議など必要ないわ。ただ須臾《しゆゆ》に日蓮を捕らえて速《すみ》やかに頸《くび》をはねれば済むこと。これしきのことに怖《お》じ気《け》をふるっているようでは、先が思いやられるわ」

いつしか尼御前は立ち上がっていた。

「いかに母上とて、それはちと言い過ぎにござろう。政《まつりごと》へのいらざる口出し、少々お控え願いたい」

時宗が毅然《きぜん》と言い放つ。が、尼御前は聞く耳持たぬといった風情《ふぜい》で、時宗を一睨《ひとにら》みすると、すたすたと廊下《ろうか》へ消えていった。その後ろ姿を見送った時宗は、やれやれといった顔で座り込み、かたわらでじっと座っていた夫人に、

「茶をくれ」

と言ったきり、腕組みをして目をつむった。

尼御前はその後、夕刻に母である重時未亡人のもとを訪れ、日蓮の言動について怒りをぶちまけた。亡き夫を誹謗《ひぼう》されていると聞いて、重時未亡人も心おだやかではなく、翌日から二人は、連署の北条政村や安達泰盛など重立《おもだ》った評定衆《ひょうじょう》の屋敷を精力的に訪問して歩き、日蓮の速やかなる断罪を説いてまわったのである。

第五の巻

松葉ヶ谷《まつばがやつ》は秋の気配に包まれていた。

夜に入ると鈴虫の音がひっきりなしに草庵《そうあん》に響いてくる。

「よう参られましたな、金吾殿」

日蓮がにこやかに着座すると、堂々たる体格の男が深々と頭を下げた。名越《なごえ》一族の江間《えま》家に仕《つか》える四条中務《なかつかさ》三郎左衛門尉頼基《よりとも》である。左衛門尉は宮門警護の官職で、中国では金吾という役職にあたるところから、頼基は四条金吾と通称されていた。ちなみに平左衛門尉頼綱《よりつな》も同じ官職についていて、平金吾と呼ばれることもあった。

「月満御前《つきまろ》は健《すこ》やかにお育ちですかな」

「はい、それはもう元気いっぱいにございます」

日蓮の問いかけに、金吾が顔をほころばせた。月満というのはこの五月に生まれたばかりの金吾の長女で、日蓮が名付け親であった。

「それはそれは」

金吾の満面の笑みにつられて、日蓮も嬉《うれ》しそうに目を細める。

「ところで御聖人様」

改めて座りなおすと、金吾が切り出した。

「先頃評定《ひょうじょう》にて御聖人のことが取り沙汰《ざた》された由《よし》にございますが、お聞き及びでございましょうや」

「噂《うわさ》にはいささか聞いておりますが、詳しくは存じませぬ」

「私も細かなところまでは聞いておりませんが、どうも御聖人様に対して、穏当《おんとう》とは言えぬ議論が戦わされたそうにございます」

そう言って、金吾は表情を曇らせた。

「さもあろうと思っておりました」

「それはいかなる理由にございますか」

まるで人ごとのように淡々としている日蓮に、金吾が思わず尋《たず》ねた。

「先の祈雨《きう》の折、私が極楽寺の良観房に、これによって法の正邪《せいじゃ》を決しようと申し入れたことは天下の広く知るところでありました。しかるに、祈雨に敗れた良観坊は、約定どおりこの日蓮に弟子入りしないばかりか、かえって行敏《ぎようびん》なる弱輩《じやくはい》者を立てて、法論を挑んで参りました。もとより法論はこの日蓮の望むところなれば、私的の問答ではなく、公場の対決をと返答いたしました。その後、行敏よりの再度の難状に書面にて返答いたしたところ、今日まで何の沙汰《さた》もありません。そこで、法門をもって日蓮と争うことは、蟷螂《とうろう》が斧《おの》に向かうようなものと悟った良観房が、また策を練って何か仕掛けてくるはずと思っておりました。案の定……」

ここで言葉を区切った日蓮は、身じろぎひとつせずじっと彼を見つめている金吾に向かって、にこりと微笑《ほほえ》みかけた。金吾はそれに微笑み返そうとしたが、強張《こわば》った表情をすぐに崩《くず》すこともできず、ぎこちなく顔をゆがめるだけであった。

「良観坊は法門では習い損《そこ》ないの学者ながら、悪知恵だけは希代《きたい》の達者と見えます。まともに執権《しつけん》殿や評定衆にこの日蓮を讒言《ざんげん》いたしても、彼らもひとかどの者たちであれば、なかなか容易に取り上げられるものではありません。そこで、大手《おおて》から入る愚を避けて、搦手《からめて》より攻めることを思いついた、ということです」

「ああ、やはりそれでは、故最明寺殿の後家尼《ごけあま》や極楽寺重時殿の後家尼が、良観にそそのかされ、執権殿はじめ評定衆の面々に働きかけたというのは、噂《うわさ》だけではなかったということですね」

「と、いうことでしょうな」

日蓮は涼《すず》やかな目を金吾に向けた。

「どこまでも卑劣《ひれつ》な……。しかし、御聖人様のおっしゃるように、執権殿や評定衆の方々の目はふし穴ではないでしょうから、法を曲げてまでご聖人を罪科《ざいか》に問うような真似《まね》まではいたすまいと存じますが……」

金吾は相変わらず神妙な面持ちのままである。

「いや、それはどうでしょうか」

日蓮は、かすかに首をかしげるようにして続けた。

「承久《じょうきゅう》の折の尼将軍とまではいかなくとも、北条家の女人《にょにん》はなかなかに強い。心では女人のたわごとよと思っても、皆振り回されてしまうかもしれません」

承久の折の尼将軍とは、初代将軍源《みなもとの》頼朝《よりとも》の御台所《みだいどころ》北条政子《まさこ》のことである。政子は若い頃から男まさりの勝ち気な女性だったと言われ、特に頼朝亡き後は、弟である第二代執権義時とともに、将軍位さえ自由にするほどで、幕府の陰の最高権力者であった。

後鳥羽《ごとば》上皇が執権義時追討の院旨《いんし》を発し、いわゆる承久の乱が勃発《ぼっぱつ》した時、幕府が朝敵《ちょうてき》とされたために多くの御家人が動揺し、去就に迷う者もいた。この時、政子は、鎌倉に御家人たちを集めて、大演説を行っている。この歴史に残る政子の演説によって、御家人たちの動揺はぴたりとおさまり、幕府と武士の世を守るために奮い立った幕府軍は、あっさりと朝廷軍を破って大勝利を得たのであった。

一般に、鎌倉時代の女権は、後世のたとえば江戸時代などに比べて高かったとされている。公的な面で高い役職に就《つ》くということはなかったが、相続権を持っていて、社会的な地位は必ずしも低くはなかったのである。したがって、執権や有力御家人の妻女の中には、幕府に対して隠然たる影響力を持つ者もおり、現執権の母である故北条時頼未亡人や、その母である故北条重時未亡人ともなれば、その力は軽視できないものがあった。

「しかし、評定衆の中には心ある者もおります。必ずしも、後家尼たちや良観の思いどおりになるとも思えませせぬが……」

金吾が静かに言った。

「名越の公達《きんだち》、ですか」

日蓮も静かに声を発した。

名越の公達とは、名越家の有力者たちのことである。

金吾は名越家の始祖である朝時《ともとき》の長男光時に仕え、その光時が謀反《むほん》の嫌疑《けんぎ》を受けて伊豆の江間に蟄居《ちっきょ》させられた後は、その嫡子《ちゃくし》である親時《ちかとき》に仕えていた。その親時は名門名越家の嫡流《ちゃくりゅう》でありながら、こうしたいきさつから、幕府の要職には就いていない。

しかし、朝時の二男時章《ときあきら》と三男教時《のりとき》は評定衆に列していた。このふたりは、得宗家に対する反主流派的な存在であったし、日蓮と名越家との縁に鑑《かんが》みても、後家尼たちや良観は、このふたりには何らの工作もしていなかったのである。

「はい。あのおふたりは常々幕政のあり方について腹に一物も二物も抱いております。御聖人に対して格別の思いはなくとも、ご定法《じょうほう》を曲げての裁断《さいだん》に対しては異を唱えたはずです。ましてやそれが、後家尼や良観らの圧力とあっては、面子《めんつ》にかけてもこれを阻止しようと思ったに違いありません。実際、こたびの評定では御聖人に対してどう取りはからったものか結論は出ず、結局、引付方にて改めて吟味《ぎんみ》することになった由にございます」

評定の詳細は明らかではないが、結論としては金吾の語ったように、日蓮に関する案件は引付方にて審議し直すということになった。

「いずれにしても、ただでは済みますまい」

言葉とは裏腹《うらはら》に、日蓮はさも楽しそうに笑みさえたたえていた。対照的に、金吾の表情は強張《こわば》ったままである。

「『立正安国論』を幕府に提出された後この草庵《そうあん》を襲われた時も、またその後、鎌倉にお戻りなされた時に伊豆の伊東へ配流《はいる》となった折も、その陰には極楽寺入道重時がおりました。時の執権はその子の長時。最明寺入道時頼公も、このふたりに遠慮されて、その所業については黙認せざるを得ませんでした……」

「同じ構図ですよ。公の場での法論対決を望むこの日蓮に対して、正面から正邪を争っては勝ち目がないものだから、別な手段に訴える。こたびは極楽寺入道殿や執権長時殿の代わりを、極楽寺の良観坊や後家尼たちが務めるということです」

「では、またこの草庵を襲わせたり、あるいは幕府の決定と称して御聖人を流罪《るざい》にせんと……」

金吾は思わず両の拳《こぶし》を握りしめた。

「おおかたそのようなことになりましょうか。いや、こたびは以前にも増しての大難が必ずや出来《しゅったい》いたすでしょう」

「それ以上の大難とは、まさか……」

「一定、死罪は免《まぬか》れぬと覚えます」

日蓮がきっぱりと言い切った。

「死罪……、まさか、いくら何でもそこまでは……」

「金吾殿」

日蓮はそう言うと、懐《ふところ》からゆっくりと巻物を取り出した。

妙法蓮華経巻之五

巻物の表には、そう墨書《ぼくしょ》してあった。日蓮はその巻物をしばらく開き読みしながら、やがてある個所を金吾に示した。そこには白文《はくぶん》で次のように書かれてあった。

「有諸無智人悪口罵詈等及加刀杖者……」

「諸《もろもろ》の無智《むち》の人の悪口罵詈《あっくめり》等し及び刀杖《とうじょう》を加うる者有らん」で始まる、有名な「勧持《かんじ》品《ほん》二十行の偈《げ》」であった。これは、法華経勧持品第十三において、虚空会《こくうえ》の座に連《つら》なった教主釈尊の弟子たちが、釈尊滅後の弘法《ぐほう》を誓う条《くだり》で、末世にはさまざまな大難が予想されるが、それに屈することなく、命をかけて弘法に邁進《まいしん》する決意を述べたものである。

ここでは、法華経を行《ぎょう》ずる者には、いわゆる「三類《さんるい》の強敵《ごうてき》」が現れると説かれている。

無知なる一般大衆が悪口罵詈等し刀杖をもって危害を加える、これが第一の強敵「俗衆増上慢《ぞくしゅうぞうじょうまん》」である。

悪世のなかの比丘《びく》（僧侶、現代風に言えば知識人の類《たぐ》い）は、心がねじまがっていて、実は何も分かってはいないのに分かったつもりになって慢心している、これが第二の強敵「道門増上慢《どうもん》」である。

人々から離れた静寂《せいじゃく》な場所に住まい、自分では真の仏道を行っていると思い込んで、人間を軽蔑《けいべつ》している者がいる。この人は実は己の利益に執着しているだけなのだが、もっともらしいことを言っては、世の人々から、まるで生き仏でもあるかのような賞賛を受けている。これが第三の強敵《ごうてき》「僭聖増上慢《せんしょう》」である。聖《ひじり》を僭称する大詐欺《さぎ》師がその正体である。この僭聖増上慢の身には悪鬼《あっき》が入り込んでいて、法華経の行者をかえって外道《げどう》と論難し、権力者に取り入って、さまざまな迫害を加えていく。

これが、「勧持品二十行の偈」で説かれる法華経の行者《ぎょうじゃ》と三類の強敵との関係である。

日蓮は、金吾に対してこの二十行の偈を解説しながら、話を続けた。

「この日蓮は法華経の行者ではありませんが、ほぼそれに似た者であるとは申せましょう」

「御聖人様が法華経の行者でなくして、いったい誰を法華経の行者と申せましょう。余人は知らず、この金吾の前では、そのようなご謙遜《けんそん》は無用と存じます」

金吾が意気込んで、日蓮の言葉を遮《さえぎ》った。

「まあ、いずれにしても、法華経が真実の教えであるならば、この文の如《ごと》く、刀杖を加えられ、数々擯出《しばしばひんずい》せらるる（たびたび所を追われる）のは当然のこと」

日蓮が涼やかに語った。

「御聖人様はすでに、草庵を追われ、伊豆へ流罪となり、小松原では刀の難にも遭《あ》われました。勧持品の予言のとおりであり、法華経を身をもって読まれて参ったではありませんか。このうえ、いったいいかなる難があるとおっしゃるのです。もう十分ではありませんか」

金吾の両の目には、いつしかかすかに光るものが溢《あふ》れ出そうとしていた。自分の言葉に思わず感極《かんきわ》まってしまったのである。

「いやいや金吾殿、よくお聞きあれ。これまでこの日蓮が蒙《こうむ》った如きものは、大したものではありません。まだまだ教主釈尊のお褒《ほ》めにはあずかれますまい。この日蓮は過去世においては法華経を謗じ、今世においては数年が間は念仏者として過ごした者。

その悪業はまことに深いものがあります。この悪業は尽未来際《じんみらいさい》にわたってひとつずつこそ減じていかねばならないものですが、法華経の敵を強く責めることによって、幸いにもこの日蓮は、過去の悪業を今生《こんじょう》において一度に集めて、その罪を滅しようとしているのです。法華経のために命を取られるのならば、この穢《けが》れた身体《からだ》を黄金に換えるようなものではありませんか」

日蓮の言葉を、金吾は拳《こぶし》を握りしめ、肩を震《ふる》わしながら聞いている。

「ですから金吾殿、もしも日蓮が首討たれる時が来たならば、何よりの門出よと、笑ってご覧あれ。間違っても涙などこぼしてはなりませぬぞ」

日蓮はそう言うと、金吾の両手をやさしく握った。

日蓮が予想したとおり、日蓮に対する処分は死罪の方向に傾きつつあった。

評定《ひょうじょう》では、日蓮を断固斬罪《ざんざい》に処すべしとの強硬意見も出たが、いかに言動に問題があるといっても、僧侶《そうりょ》の死罪は式目《しきもく》にも規定がないのだから、死罪は行き過ぎではないかと、名越兄弟から反論が出た。これはいわば正論であったから、評定は難航《なんこう》し、結局、引付方《ひきつけかた》にて再度吟味《ぎんみ》するという形で、日蓮の処分に対する決定は持ち越された。

引付方とは、評定が幕政にかかわる最重要事を討議・決定するのに対して、その他の重要事を討議したり、評定会議の諮問《しもん》に応じたりする機関である。当時、得宗家による専制体制が次第に強化されていくなかで、必然的に得宗家の意向に沿った意見が提出される傾向が強まっていったことは、十分予想される。

得宗家の当主である執権時宗自体は、日蓮の処分にそれほど積極的ではなかったが、なにしろその母である時頼未亡人が、評定衆や引付衆に対して、日蓮を極刑にせよと、陰に日向《ひなた》に圧力をかけたために、得宗家の顔色をうかがう幕閣たちにも、強硬意見を述べて追従しようとする動きが広がっていたのである。

八月も終わろうとする頃、日蓮に関する問題を担当する引付方から「引付勘録事書《ひきつけかんろくことがき》」という、日蓮の処分に対する判決案が提出された。

そこでは、日蓮の言動は死罪に当たるべきものであるから斬首《ざんしゅ》すべきであることとしていた。ただし、僧侶に対する死罪は、民心に動揺《どうよう》を与える恐れもあるので、表向きには佐渡への流罪《るざい》と発表し、斬首は秘密裡《り》に行うのが穏当という意見が付されていた。民心の動揺を懸念したこともあろうが、死罪は行き過ぎとする名越兄弟らに幾分配慮したとも考えられる。

「引付勘録事書」を受けて、九月の初め、再び評定会議が開かれた。名越兄弟は、表向き佐渡流罪として、その実密《ひそ》かに斬首とは姑息《こそく》なやり方であると批判はしたが、一度引付方に戻して議論された結果ということもあり、それ以上積極的に反対しようとはしなかった。ただ、弟の名越教時は、即座に刑を執行すべきではなく、日蓮本人の弁明も聞いたうえで、最終的に判断すべきであると主張した。これには居並ぶ評定衆たちも、反対のしようはなく、結局、日蓮本人を喚問《かんもん》することとなった。

かくして九月十日、日蓮は検断沙汰《けんだんざた》としての取り調べを受け、立ち会いを命じられた平左衛門尉頼綱と対峙《たいじ》したのであった。

取り調べの後、頼綱はただちに執権時宗のもとに参上して、日蓮とのやりとりの顚《てん》末《まつ》を報告した。

「なるほど、すべて認めたというわけか」

「御意《ぎょい》。このうえは再度のご評定に及ぶまでもなく、ただちに日蓮を逮捕いたし、竜《たつ》の口《くち》にて斬首いたしましょう」

頼綱は、さきほどの日蓮とのやりとりの興奮がまだ収まっていなかった。

「ただちに斬首はまずいのではないか。引付方の申すとおり、とりあえずは佐渡流罪を前提に、佐渡守宣時《のぶとき》殿への預かりといたすのが穏当《おんとう》であろう」

「はは。かしこまりました。時に日蓮の捕縛《ほばく》に当たりましては、兵五百ほどをこの頼綱にお預けいただきたく存じ上げます」

「五百？　僧ひとりを召し捕るのに五百とは大げさ過ぎよう。せいぜい五十人もいればよいのではないか」

「お言葉ではございますが、日蓮の捕縛に当たっては、いかなる不慮《ふりょ》の出来《しゅったい》せぬとも限りませぬ。この頼綱、こたびのことには万全を期したく、お願い申し上げる次第です」

「いったいいかなる不慮《ふりょ》が出来いたすと申すのだ」

「されば、かの僧は草庵《そうあん》に刀杖《とうじょう》などの武器を備え、仏敵に対してこれを用いるのは経典にもある正当の行いと日頃より公言いたし、本日の吟味《ぎんみ》にても、奉行人《ぶぎょうにん》の問いにしかと明言しておりました。我らが草庵に一歩踏み込めば、弟子や門人などこぞって抵抗いたすは必定《ひつじょう》と存じます」

　頼綱は自信満々の表情で、時宗をまじまじと見た。

「かりに日蓮が抵抗したとしても、人数といい、腕といい、たかが知れていよう。あまり物々しくするのはどうかと思うが」

　時宗がやや伏し目がちに語った。

「いえいえ、度々お言葉を返すようですが、日蓮めの門人には鎌倉武士も少なからずおります。日蓮を捕縛せし後、市中にてこれを奪い返さんとする不逞《ふてい》の輩《やから》がいないとも限りません。彼らの中には、腕の立つ者もおり、また、混乱に乗じて、謀叛《むほん》を企《くわだ》てる動きも出てくるかもしれません」

「大げさな……」

時宗は苦笑いしている。

「念には念を入れたいのです。それがしの申したところが杞憂《きゆう》に終われば幸いと申すもの。しかし万が一ということがございます」

「分かった、分かった。その方の思う通りの人数を連れていってよい」

頼綱の強引な申し出に、時宗もついに折れた。

二日後の十二日、昼下がりに侍所を出発した頼綱以下およそ五百人の武士たちは、間もなく松葉ヶ谷の草庵を遠巻きに包囲した。武士たちは皆胴丸《どうまる》に烏帽子《えぼし》を着し、腰に大刀を佩《は》いていた。さすがに鎧兜《よろいかぶと》こそ着てはいなかったが、軽装ながら臨戦態勢であり、あたかも合戦に臨むかのように、一人ひとりかなりの緊張と興奮に包まれていた。

頼綱はすぐに草庵に踏み込もうとはせず、まずふたりばかりを物見に出して、草庵の様子を探らせた。時宗に言上したように、彼は本心から不測の事態を恐れ、慎重に構えていたのである。

そうした総大将の心中は、知らず知らずのうちに配下の侍たちにも伝染していた。たかが僧侶ひとりを捕らえるのに、まるで合戦にでもおもむくかのようなこの仰々《ぎょうぎょう》しさも、侍たちの緊張を妙な形で高めていた。

「者共《ものども》、いざ討ち入れ」

物見の報告で、日蓮らに特に変わった様子のないことを確認した平左衛門尉は、草庵の周囲に固めの兵を配置したまま、主力の部隊に草庵への侵入を命じた。すかさず十数人の侍が雄叫《おたけ》びをあげながら、草庵の入り口に殺到した。

草庵の扉を蹴破《けやぶ》って侵入した彼らが最初に目にしたものは、端然《たんぜん》と正座して唱題している日蓮と、それに従っている数人の弟子たちの姿であった。

「うおーっ」

なだれこんだ侍たちの発する叫び声に、何人かの弟子がびっくりして振り返り、立ち上がった。

「狼藉者《ろうぜきもの》っ、何をいたすか」

そう声を発したのは、高弟の日朗であった。

「狼藉者ではないわっ。幕府の命により、極悪人の日蓮を召し捕りに参ったのだ」

侍のひとりが大声で怒鳴《どな》った。その声に応じて弟子たちは日蓮を隠すように、両手を広げて立ちはだかった。侍たちのなかには、それを見て、はや刀の柄《つか》に手をかけた者もいる。

「南無妙法蓮華経、南無妙法蓮華経、南無妙法蓮華経」

日蓮は何事もないかのように、朗々とした唱題を続けていた。

「……」

踏み込んだ侍たちは、その姿をしばし呆然《ぼうぜん》と眺《なが》めていた。

彼らは、日蓮とその弟子たちが慌《あわ》てふためいて反抗するか、恐怖におののいて逃げまどうか、そのどちらかしか予想していなかった。彼らの前に立ちはだかった弟子たちはともかく、自分たちを完全に無視したような日蓮の、この落ち着き払った態度は、全く予期していなかったのである。

しばしの膠着《こうちゃく》状態の後、平左衛門尉が草庵の中に入ってきた。その姿を認めると、やおらひとりの侍が、弟子たちの間を割って日蓮のもとに走りよった。大将にいいところを見せようとしたのである。

「このくそ坊主がっ！」

男は、そう罵《ののし》ると、日蓮の胸ぐらをぐいっと摑《つか》んだ。

「ん？」

日蓮の懐中から一巻の巻物がこぼれ落ちそうになるのを見た男は、それを摑み出すと、巻物をもって日蓮の顔を殴《なぐ》りつけた。日蓮はよろめきながら、きっと男を睨《にら》んだ。

この男は、かつて日蓮に帰依《きえ》したことのある少輔房《しょうぼう》という者であったが、今はどういうわけか平左衛門尉の郎従《ろうじゅう》として、かつての師を捕縛《ほばく》しに来ていた。

「何だ、その面《つら》ぁ！」

少輔房はさらに二度、日蓮の顔面を巻物で殴《なぐ》りつけた。

彼は極度に興奮していたが、内心恐怖に駆《か》られてもいた。一度は師と仰ぎ、その高邁《こうまい》な教説に感動した日蓮である。得宗被官たる平左衛門尉に召し抱えられていると いう世俗での立場を慮《おもんぱか》って、いつしか日蓮から遠ざかり、念仏の信者となったが、心に迷いがなかったわけではない。どこかしらに後ろめたいものが常につきまとっていたのである。

今、その日蓮を捕縛するという立場となり、権力に屈し、弱々しく許しを乞《こ》う日蓮の姿を想像していた少輔房にとって、かつて崇敬《すうけい》したこの日蓮の堂々たる姿は、言いようのない後ろめたさを沸《わ》き起こさせるものであった。その後ろめたさは、焦燥《しょうそう》と興奮の奔流《ほんりゅう》となり、日蓮を打ち据《す》えて床に這《は》いつくばらせずにはおかない衝動へと駆り立てた。

この少輔房の乱暴を見て、草庵に踏み込んだ侍たちも、得手《えて》勝手に狼藉《ろうぜき》を働き始めた。彼らは日蓮の弟子たちを突き飛ばすと、書棚《しょだな》にあった巻物を思い思いに広げて踏み散らしたり、身体《からだ》に巻きつけて踊ってみたりと、本来何をしにここへ来たのか忘れているかのような狂態を演じていた。

彼らもまた、少輔房同様、少なからぬ後ろめたさを感じていた。日頃、悪僧、狂僧と日蓮を罵《ののし》る者も多かったが、今現に目のあたりにする日蓮の沈着な姿は、明らかに高僧、名僧のそれであり、内心の動揺を誘わずにはおかなかった。その動揺は、ある種の後ろめたさとなり、それを無理やり押さえ込もうとしての狂態へと、彼らを衝《つ》き動かしていったのである。

妙法蓮華経巻之五

床に転がった巻物を見て、日蓮は静かに拾《ひろ》い上げ、再び懐中にしまった。少輔房が日蓮を殴りつけた後、床に放り投げていたものである。

「……」

日蓮は、懐中の巻物を握りしめながら、平左衛門尉の郎従らの狂態をじっと見ていた。この巻物こそは、数日前に四条金吾に教え諭《さと》したように、末法《まっぽう》において法華経を行ずる者にはさまざまな大難のあることを予言した経典だったのである。

日本国の柱

松葉ヶ谷《まつばがやつ》の草庵《そうあん》に押し入った侍《さむらい》たちの狂態は続いた。後から入ってきた者たちもそれに習い、いつしか草庵の床には、経巻の紙が散らかり、足の踏み場もないほどになっていた。

その侍たちの酔狂《すいきょう》なさまを、平左衛門尉頼綱は黙って見ていた。

『これは、戦《いくさ》なのだ……』

頼綱は心中につぶやいた。

戦であれば兵たちが興奮するのは当然である。皆が血気《けっき》にはやるのも、これまた当然のことである。戦場ではどのような乱暴狼藉《ろうぜき》も許される。頼綱は兵たちの狂騒を、むしろ頼もしいくらいに思っていた。

「あらおもしろや」

突然、大音声《だいおんじょう》が響いた。

「平左衛門尉が物に狂うを見よ!」

大声が続いた。一瞬、侍たちの動きがとまった。彼らが声の主を追った先には、端座したままの日蓮がいた。

侍たちはその姿に圧倒されて呆然《ぼうぜん》とし、あたりは水を打ったように静まり返ってしまった。

『これはいったいどうしたことか……』

『日蓮は大罪人ではないのか？　それが我らを叱《しか》りつけるとは……』

『勘気《かんき》を蒙《こうむ》っているのはいったいどっちなのだ？　これではあべこべではないか』

兵たちの心に、動揺《どうよう》が走った。

「方々へ申し聞かせるべき事これあり」

日蓮が幾分声の調子を落として、その場の者たちに語りかけ始めた。

「この日蓮には、世間の科《とが》は一分もこれなし」

凜《りん》とした声が響き渡ると、彼を取り囲んでいた侍たちの間に小さなざわめきが起こった。

「そもそもこたびの事は、先の祈雨《きう》に失敗して面目を失墜《しっつい》した極楽寺の良観坊が、法門をもっての対決では勝ち味《み》のないことを知ってこの日蓮を逆恨《さかうら》みし、故最明寺入道殿の後家尼御前らに讒言《ざんけん》いたして起こったること。それをさしたる吟味《ぎんみ》もなくて、この日蓮を科なくして捕らえるならば、この関東のご定法《じょうほう》がゆるがせとなるばかりではない。定《さだ》めて諸天善神は怒り給うてこの地を去り、日本は蒙古《もうこ》国の蹂躪《じゅうりん》するところとならん」

立て板に水を流すが如《ごと》き日蓮の弁舌に、二、三の侍がいつしか腰を下ろして聞き入っていた。ある者たちは呆然と立ちつくしたまま日蓮をただ眺《なが》めやり、またある者たちはじっと腕組みしたままうつむいていた。

「戯《ざ》れ言《ごと》を申すな！」

怒鳴《どな》ったのは少輔房であった。声につられて、少輔房の後ろにいた侍たちの間から、歓声とも嘲笑《ちょうしょう》ともつかない声がどっとあがった。

「この事は一昨日見参《けんざん》の折、そこなる平左衛門尉殿に明らかに教え諭《さと》し申したはずであるが、何を血迷うてか、この無体《むたい》なる所業に及びしことは、はなはだ不可解。よってものにくるうと言い、日本国の柱を倒すと申すのである」

日蓮は、少輔房らの怒声《どせい》にひるむことなく、一気にたたみこむように言い放った。

「そのくらいでよかろう」

草庵の入り口近くで腕組みをしながら、最前からの様子をじっとうかがっていた平左衛門尉が、ようやく口を開いた。

「己の置かれた立場がよく分かっておらぬようじゃな、日蓮」

平左衛門尉がゆっくりと日蓮に近づきながら言った。さすがに雑兵《ぞうひょう》たちとは違って、その言葉にも所作にも余裕が感じられる。

「平金吾殿、目覚められよ。この国を保つことができるか、危殆《きたい》に瀕《ひん》せしむるか、すべては今この時にかかっており申す」

「ここでの議論は無用。後ほど侍　所《さむらいどころ》にて詮議《せんぎ》いたそうほどに、申したきことがあれば、その場で申すがよかろう。者共《ものども》、日蓮を引っ立てよ！」

平左衛門尉の言葉に、数人の侍たちが日蓮のまわりを取り囲み、縄で縛りあげた。その間も日蓮の所作は泰然《たいぜん》として悠揚《ゆうよう》迫らざるものがあったので、縄をかける侍のなかにはその手をふるわす者もいた。

日蓮は捕縛《ほばく》されて馬に乗せられ、侍所へと移送されていった。その前を平左衛門尉以下数人の騎馬武者《きばむしや》が先導し、後に五百人ばかりの徒歩立《かちだ》ちの兵が、太刀《たち》や長刀を構えてつき従った。日蓮の弟子十人あまりは、日蓮の馬のまわりに寄り添うようにして歩いた。

平左衛門尉は侍所へと直行する道を取らず、鎌倉のメインストリートともいうべき若宮小路《わかみやこうじ》などをゆっくりと行進していった。捕縛した日蓮と、おのが郎党たちの姿を、できるだけ多くの鎌倉市中の人々に見せようとしたのである。

「あの気違い坊主めが、ついに捕らえられたか」

「見ろ、縄目を受けてもあの傲然《ごうぜん》とした日蓮の態度を」

「それにしても、兵の何とものものしいことよ。ここまでやる必要があるのか」

「仏罰が当たらねばよいが……」

若宮小路の沿道で日蓮らの姿を見た者たちの反応はさまざまであった。


日蓮は申《さる》の刻（午後四時頃）になって、縄目を解かれ、侍所の取り調べ所に引き出された。改めて平左衛門尉と対面した。

「日蓮、その方は引付方及び評定《ひょうじょう》会議によって佐渡流罪《るざい》と決まった。その罪は万死《ばんし》に値《あたい》するものの、お上《かみ》のご慈悲《じひ》をもって罪一等を減ぜられたもの、深く感謝いたすがよい」

平左衛門尉は一段高い位置から日蓮を見下ろすように言い放った。

「これは異なことを申される。そもそもこの日蓮、いかなる科《とが》にてかくは召し捕られることとあいなったのか、その子細《しさい》を承《うけたまわ》らん」

日蓮は端然《たんぜん》として平左衛門尉を睨《にら》み返す。

「されば一昨日、引付方《ひきつけかた》に召喚《しょうかん》いたし、この頼綱も立ち会いの場にて、汝《なんじ》は認《みと》めたではないか。故最明寺入道殿、極楽寺入道殿を無間地獄に堕《お》ちたりと誹謗《ひぼう》し、また建長寺、寿福寺、極楽寺、長楽寺、大仏寺等を焼き払えと申し、建長寺の道隆上人、極楽寺の良観上人等の頸《くび》をはねよと、一分違《たが》わず申したることを」

「いかにも、建長寺、極楽寺等を焼き、良観等の頸をはねよと申したることは、この国を思ってのこと。さなくば、日本国は一定大蒙古国に攻め落とされて、彼の属国となることは疑いなし。国を思って真実を述べたることが、いかで万死に値するのか、詳《つまび》らかにお教え願いたい」

日蓮の毅然《きぜん》とした物言いに、平左衛門尉はいくらか気圧《けお》されながらもすかさず言い返した。

「黙らっしゃい！　そもそも世に名僧、高僧と謳《うた》われ、この鎌倉はおろか日本中の上下万民が等しく崇敬《すうけい》してやまない道隆上人、良観上人等を誹謗《ひぼう》し、頸を切れとは、汝《なんじ》こそ仏道に背《そむ》き、この国を危《あや》うくする張本人、天下の大罪人と言わずして何と呼べよう」

平左衛門尉は手にした扇をパチリと鳴らした。道隆や良観らがひそかに恐れているという学識の持ち主たる日蓮を完膚《かんぷ》なきまでにやり込めたという、自信と満足感が胸中を満たす思いがした。

「されば事の理非を明らかに説き示さん。心して聞かれよ」

平左衛門尉が優越感に浸《ひた》る間もなく、すかさず日蓮が反撃を始めた。

「彼の承久《じょうきゅう》の折、朝廷では真言師を始め、都の名僧、高僧をこぞって幕府懲罰の祈禱《きとう》を修せしに、結果は如何《いかん》、祈禱などする暇もなかった幕府の軍勢にひとたまりもなく屈服させられたではないか。この事をもっても理非は明確であろう。真言は亡国の教えにして、世に名僧、高僧などと仰がれておる者たちはすべて何の霊験も持たぬ習い損ないの学者に過ぎぬ。なかんずく、今の世に生き仏と称せられし良観の如きは、聖《ひじり》を騙《かた》る希代《きたい》の増上慢。その証拠《しょうこ》はすでに眼前にあり。先頃の祈雨の折には、二七、十四日間の間、真言律宗の秘儀を講じて一滴の雨も降らせず、全《まった》く面目を失いしことは天下万民の知るところ。さらにはその折、雨降らすことが適《かな》わぬ時は速《すみ》やかにこの日蓮の門人となることを約定《やくじょう》せしに、一向にその沙汰《さた》はなく、かえって権門に日蓮を讒奏《ざんそう》して、法華経の行者を亡き者にせんと図《はか》りしことは、まさに仏法中の大怨敵《おんてき》にして、国を危《あや》うくするの大罪人なり。かかる者の頸《くび》をこそ須臾《しゅゆ》にはねるべきと申すことこそ、天下の正論にあらずや」

日蓮の滔々《とうとう》たる弁に、平左衛門尉はしばし沈黙せざるを得なかった。

「汝《なんじ》が何とほざこうとも」

平左衛門尉が重い口を開いた。

「すでに処分は決定しておる。汝舌先三寸をもっていかに屁《へ》理屈をこねようとも、もはや手遅れである。おとなしく処分に従い、口を慎《つつし》むのが身のためであろう」

平左衛門尉自身、それが日蓮の舌鋒《ぜっぽう》からの逃げ口上であることを自覚していたがために、その歯切れは今ひとつ冴《さ》えない。堂々の論戦で日蓮を打ち負かすつもりでいた彼にとっては、幕府の決定という上意を持ち出さざるを得なかったことは、いかにも不本意な成りゆきであった。

「貴公は、相模守《さがみのかみ》殿（執権時宗）の第一の郎従《ろうじゅう》であろう。されば一天の屋梁《おくりょう》、日本国の棟梁《とうりょう》と申しても言い過ぎにはならぬ。かかる重責を担《にな》いし者が、事の理非をもわきまえず、幕府の誤りをたださんとの気概も見識も持たず、あまつさえ今日本国の柱を倒そうとしておる。屋梁が柱を倒したのでは笑い話にもなるまい。かかる棟梁をいただいた天下万民こそ不幸にして、大蒙古《もうこ》国の攻め来《きた》らん日には、この国の亡《ほろ》ぶのは一《いち》定《じょう》。惜しむべし、嘆くべし、悲しむべし」

「ええい、身の程知らずの悪口雑言《あっこうぞうごん》、汝の口上など聞き飽きたわっ！　このうえの詮《せん》議《ぎ》は無用。日蓮、その方に佐渡への流罪を申し渡す。武蔵前司殿（佐渡守北条宣時）のもとにて、追っての沙汰を待つがよい」

平左衛門尉は、日蓮の批判が我が身にまで及んだことに激怒し、かつ理路整然と反論できない己へのもどかしさをどうすることもできず、ついに申《さる》の刻（午後四時）から一刻（二時間）ばかりに及んだ詮議を打ち切った。退出する彼の顔は紅潮《こうちょう》し、両手は怒りにわなないていた。

日蓮とその弟子たちは、数十人の兵たちによって北条宣時《のぶとき》邸へ移送された。弟子たちの多くは、日蓮が佐渡流罪《るざい》と決まったことに衝撃を受けたが、松葉ヶ谷の草庵を包囲したおびただしい数の兵士や、踏み込んできた連中の荒々しい態度、また一行が市中を引き回されたことや、侍所での詮議において平左衛門尉が激怒したことなどを考え合わせて、さらに重大な沙汰《さた》が下るのではないか、また、一門の者もただでは済まないのではないかと、胸中の不安は極点に達していた。

が、日蓮だけは常と変わらぬ態度で、北条宣時邸についてからも、弟子たちを集めて法華経の講義をしていた。

「『有諸無智人』とは、法華経の一文にも通じていない大いなる俗のことです。『悪口《あっく》罵詈《めり》等』とは、今日蓮らの類《たぐ》いになされてきたさまざまな悪口罵詈等を考えれば明らかでしょう。『諸《もろもろ》の』とは、日本国の俗のことを指しているのです」

日蓮の講義は、例の「勧持品二十行の偈《げ》」の条《くだり》にさしかかっていた。

「次に『悪世中比丘《びく》』の悪世とは末法《まつぽう》であり、比丘とは謗法《ほうぼう》たる弘法《こうぼう》らのことです。法華経の正智を捨て権教《ごんきょう》の邪智を本としておりますが、今日蓮らの類《たぐ》い南無妙法蓮華経と唱え奉《たてまつ》る者は、正智の中の大正智であります」

日蓮の声は朗々と響き渡り、宣時邸の庭にたむろしていた兵士たちの耳にも届いた。

「明日をも知れぬ身だというのに、いい気なもんだ」

ひとりの武士が口を開いた。

「いや、あの日蓮という僧は大した度胸ではないか。お前は聞かなかったか、松葉ヶ谷での大喝《だいかつ》を」

「俺《おれ》は外にいたもんでな。いったい何をほざいたと言うのだ」

「まず『あらおもしろや』と高笑いしたのだ」

「とんだ負け惜しみだな」

「その声の大きかったこと、続けて『平左衛門尉が物に狂うを見よ』ときた」

「ほう、それはたいした度胸と言うより、命知らずだな」

「そして最後にこう言ったのだ。『方々、今日本国の柱を倒す』とな」

「やはり噂《うわさ》どおりの気違い坊主よ。自分のことを日本国の柱などとは、増上慢もはなはだしい」

「いや、わしはそうは思わん。あの時あれだけの侍たちに囲まれ、狼藉《ろうぜき》を加えられていたなかでだ、あれだけの大音声《だいおんじょう》で言いたいことを言い放つというのは、ただのくそ度胸だけではあるまい」

「おいおい、我らは幕府に弓引く大罪人として日蓮を捕らえ、沙汰《さた》があるまでここで監視しているという立場なのだぞ。その日蓮を賞賛してどうする」

「別に賞賛しているわけではないが、今座敷で何やら説法しておる様子をうかがっても、ひょっとしてなかなかの傑物《けつぶつ》なのではないかと思ってな……」

「へえ、お前は今日蓮が何を話しているのか分かるのか？　大した学識だのう」

別の侍がふたりの会話に割って入ってきた。

「いや、わしには何を言っているのかは分からん。しかし、こんな時にも説法を怠《おこた》らないとは、見上げたものではないか」

「あれは、弘法大師や良観上人を誹謗《ひぼう》しておるのだ」

また別の侍が、ぼそっと言って、話に加わってきた。

「何？　お前には分かるのか」

「ああ、さっきから弘法とか良観とか呼び捨てにしているからな。悪く言っておるに決まっておる」

「うぬ、許せん」

最初に日蓮を揶揄《やゆ》していた侍が、思わず刀の柄《つか》に手をかけた。

「おい、馬鹿な真似《まね》はよせ」

すかさず、三人の侍たちが彼を制止した。

「何にしても、堂々としたものだ」

「……」

庭の侍たちは、説法の中身について理解できる由もなかったが、延々と続く日蓮の説法に、聞くとはなしに耳を傾けていった。

「『或有阿練若《あれんにゃ》』とは、第三の比丘、すなわち僭聖《せんしょう》増上慢です。まさしく良観らのことであります。『六通の羅漢《らかん》の如《ごと》し』とは、彼らを指《さ》すこと、これまた分明でありますす」

日蓮の説法は、ますます熱を帯びていた。弟子たちの多くは、言いようのない不安を抱えながらも、次第に真剣味を増す日蓮の講義に、いつしか引き込まれるように集中していく。なかでも、伯耆房日興《ほうきぼうにっこう》は、初めから日蓮の言葉を一語一句聞き逃《のが》すまいと、説法の内容をしきりに書写していた。また、そのかたわらに座っていた弱輩《じゃくはい》の佐渡房日向《さどぼうにこう》も、日興を見習って、日蓮の言説《げんせつ》をさかんに書き留めている。

十二夜の月は煌々《こうこう》として、宣時邸の天高く輝いていた。時刻はすでに戌《いぬ》の刻（午後八時）を回っていた。

同じ頃、執権時宗《しっけんときむね》の邸では、幕府の要人が集まっての寄合《よりあい》が始まっていた。侍所《さむらいどころ》での詮議の後、平左衛門尉は日蓮による再三の批判に憤懣《ふんまん》やる方なく、ただちに執権時宗の館に参上して、日蓮の斬首《ざんしゅ》を訴えた。時宗は激高しながらの頼綱の報告に、いちいちうなずきながらも、

「ただちに斬首とは穏やかであるまい。数日様子を見て、改めて評定いたそう」

と、慎重な構えを崩さなかった。

しかし、いつもは時宗の命には素直に従う頼綱が、この時ばかりは、即刻の日蓮斬首を主張して引き退《さ》がらなかった。

「その方がそこまで言い張るのなら是非もない。しかし、この場のふたりだけの独断で決するのはまずい。主だった者に使いを出し、寄合にて決しよう」

強引な頼綱の主張に時宗も譲歩し、連署《れんしょ》の北条政村《まさむら》、評定衆の北条実時《さねとき》、安達泰盛《あだちやすもり》、それに引付衆で日蓮の身柄を預かる北条宣時のもとに、時宗邸に参集するよう使いを出したのである。

戌《いぬ》の刻をやや過ぎた頃、最後に北条宣時が到着して、日蓮に対する処分についての討議が始まった。

「頼綱の報告によれば、一昨日の引付召喚《ひきつけしょうかん》の際の日蓮は傲岸不遜《ごうがんふそん》にして、幕府を軽んじて止《や》まなかったと言うが、今日松葉ヶ谷にて捕らえし折も、その後見せしめのために市中を引き回した折も、いささかの改悛《かいしゅん》の姿もなく、さらに侍所にて再度詮議《せんぎ》せし時も、しきりに幕政を批判いたし、この国が蒙古《もうこ》に攻められて滅びるは必定と、高笑いいたせしとのこと。本日夜分にもかかわらず、ご一同に参集願ったのは、かかる狂僧、悪僧の類《たぐ》いは期日を置かず、即刻今夜、竜の口にて首をはねるが至当と存じ、このことご了承いただきたく存ずるゆえでござる」

時宗は、この時すでに日蓮への刑の執行について腹を固めていた。だから、相談ではなく「了承」と言ったのである。時宗は初め、日蓮への断罪についてはあまり積極的ではなかった。母親からの執拗《しつよう》な懇請《こんせい》にも、できるだけ穏便に、他の幕府要人たちをあまり刺激しないよう慎重論を説いてきたのであった。

しかし、評定衆と引付衆の大半が、日蓮は軽くても佐渡流罪《るざい》、場合によっては死罪という意見に同調していることを知り、そして今また、第一の郎従として信頼する平左衛門尉頼綱の強硬な意見に接して、日蓮の斬首はやむなしとの結論に達していたのだった。これ以上、日蓮のことで母親や幕閣、あるいは郎従らに煩《わずら》わされるくらいなら、いっそ日蓮を斬《き》ってしまえば後腐《あとくさ》れもない、という思いもあった。

そう腹を括《くく》ってしまえば、後はもう、執権として断固たる態度を取ることこそが肝要と、時宗はそう考えていた。

「今夜のうちにとは、またずいぶんあわただしゅうございますな」

最初に口を開いたのは、北条実時《さねとき》であった。実時は第二代執権義時の子ども実泰《さねやす》の子で、鎌倉武士としては珍《めずら》しく学芸文化に通じ、金沢文庫を開いた知識人として名高い。温厚な人柄で、北条一門の内紛や蒙古来襲といった内憂外患《ないゆうがいかん》に悩むこの時期、有力な評定衆のひとりとして、よく執権時宗を支えた人物である。

「まあ、斬首にいたすというのであれば、早いに越したことはなかろう。この鎌倉には日蓮に心を寄せる者も少なくない。事を延ばせばいかなる障《さわ》りが出来《しゅったい》いたさぬとも限るまいからの」

そう賛意を表したのは安達泰盛だった。安達氏は和田氏や三浦氏など幕初以来の大豪族が次々と滅んだ今、最大の豪族となっていた。泰盛は執権時頼との盟友関係以来、常に得宗家と固く結び、自他ともに許す御家人筆頭として、幕閣のなかで重きをなしていた。さらに時宗の妻は彼の妹であり、現執権の義兄としても、安達泰盛の発言力には大きなものがあった。

「執権殿のご裁断《さいだん》に、連署としてわしも賛成いたす」

北条政村も同調した。政村は義時の四男で、第六代執権長時が急死した後、第七代の執権職を務め、三年前、蒙古の問題が起こった時に執権職を時宗に譲り、執権を補佐する連署の地位に就《つ》いていた。彼の朝廷における位階は正四位下で、これは得宗家を含めた北条一門の中で最高位であった。

「大仏殿《おさらぎ》はいかがかな」

時宗が尋《たず》ねた相手は、北条宣時である。宣時は、執権義時のもとで初めて連署を務めた義時の弟時房の孫である。父朝直《ともなお》が大仏の地に居を構えて以来、大仏氏と称せられるようになっていた。前の武蔵守であり、後には連署を務めている。この時は引付衆であり、まだ評定衆に列していなかったが、日蓮の身柄を預かる佐渡守であったことから、特にこの場に呼ばれていたのである。

「執権殿、連署殿および評定方のお歴々の決定にそれがしごときがいかで故障を申し立てられましょう。日蓮の身柄を預かる者としては、斬首と決定した以上、すみやかに刑の執行に当たる所存」

宣時がきっぱりと言い放った。

「では、決まりじゃ。頼綱、よかったの」

安達泰盛がにこにこしながら、廊下に控えていた平左衛門尉頼綱に向かって声をかけた。彼は、日蓮斬首の急先鋒《せんぽう》が頼綱であることを知っていたのである。

「ははっ」

いきなり声をかけられて頼綱は平伏した。後年このふたりは、幕政の主導権をめぐって鋭く対立し、時宗の死んだ翌年、頼綱が安達泰盛を攻め滅ぼすという事件が起こっている。頼綱は、妻が時宗の嫡子《ちゃくし》で第九代執権となった貞時《さだとき》の乳母《めのと》という立場を最大限に生かし、時宗の死後急速に台頭してついには幕府の実権を握り、恐怖政治を行っているが、この当時は得宗被官のひとりに過ぎず、評定衆はおろか引付方にも列していない。

頼綱はまた、侍所の所司《しょし》（次官。長官たる別当職は執権が兼任した）を務めているが、その時期については明確ではない。この翌年に起こった二月騒動（北条時輔の乱。時宗の異母兄北条時輔や名越時章、教時兄弟らが謀叛《むほん》の嫌疑をかけられて誅殺《ちゅうさつ》された事件）の際、この頼綱の動向について史書は何も記していない。侍所の所司であったなら、こうした謀叛事件の時に中心となって活躍していなければならないはずで、彼が所司となるのは、後年のことと考えるのが妥当であろう。いずれにしろ、この時期の平左衛門尉の地位はそれほど高くはなく、安達泰盛に声をかけられて恐縮するほどの立場に過ぎなかったのである。彼が幕政に関与し得たとすれば、得宗の御内人《みうちびと》として、執権時宗の威を借りる以外にはなかったであろう。

ともあれ、頼綱が強引に主張した日蓮の斬首は、幕府の重鎮《じゅうちん》たちからさしたる反対も出ず、執権時宗の名において、この日深夜に決行されることとなった。

亥《い》の刻（午後十時）になって、日蓮らを連行したまま宣時邸の庭でたむろしていた侍所の兵たちに帰還命令が下され、代わって宣時配下の侍二十人あまりが、邸の内外の警護に就いた。

つい今しがたまで煌々《こうこう》と輝いていた月は雲間に隠れ、庭内をしきりに包んでいた鈴虫の音は、いつしか鳴りやんでいた。

八幡大菩薩

亥《い》の刻（午後十時）頃に邸に戻った佐渡守《さどのかみ》北条宣時《のぶとき》は、執事や主だった家臣数人を呼んで、執権時宗邸での決定事項について伝え、日蓮斬首《ざんしゅ》のための段取りについて話し合った。

「竜《たつ》の口《くち》の刑場には、得宗家の侍衆がいかほど控えていることになっているのでしょうか」

「それは大した人数ではない。せいぜい二十人ほどであろう」

家臣の質問に宣時が答えた。

「昼間、松葉ヶ谷にて日蓮を捕らえた折には、五百人ほどもいたと聞いておりますが、こたびは二十人、でございますか」

別の家臣が言った。

「それは、日蓮らがいかなる抵抗をいたすものか測《はか》りかねたからであろう。門下の侍が駆けつけてこぬとも限らぬしな。万一のことを慮《おもんぱか》ってのことよ」

さらに別の家臣が答え、宣時に向かって尋《たず》ねた。

「して、我が方からはいかほどの員数《いんずう》にて日蓮を刑場まで護送いたせばよろしいでしょう」

「十数人もいればよかろう。深夜になるゆえ、あまり大勢で市中を騒がすわけにはいかぬ。日蓮らが抵抗することも考えられぬ。とは言え、万一のぬかりがあってもならぬ。なるべく手練《てだれ》の者を連れていくように」

「かしこまりました」

「いずれにしても粛々《しゆくしゆく》とやり遂げよ。我が大仏家《おさらぎ》の名誉もかかっておるということをくれぐれも忘れるな」

「ははっ」

家臣らが平伏すると、宣時は「うむ」と一声発して立ち上がり、自室へと去っていった。

同じ頃、平左衛門尉は時頼の未亡人である尼御前に目通りしていた。

「かかる夜分にご無礼とは存じましたが、一刻も早く吉報《きっぽう》をお伝えいたしたく、かくは参上つかまつりました」

平左衛門尉は、緊張した面持ちながら、口元にわずかな微笑をたたえて口上を述べた。

「おお、頼綱、お役目ご苦労じゃ。時宗の邸に政村殿や金沢殿（北条実時）、安達殿などが寄り合っていると聞いて、定《さだ》めし日蓮の首を斬《き》る相談ならんと思い、そなたの参るのをずっと待っておったのじゃ」

尼御前は着物の裾《すそ》を払うようにして、頼綱が平伏しているすぐ前に座った。

「今、そなたは吉報と申したが、それでは日蓮の斬首が決まったのじゃな」

「御意《ぎょい》にございます」

頼綱は、そう言いながら顔を上げ、尼御前に向かってかすかに微笑《ほほえ》みかけた。

「日蓮の斬首は当然のこと。決めるのが遅かったくらいなのじゃ。ま、しかし、いずれにしても上首尾《じょうしゅび》には違いない。して、日蓮めの首をはねるのは、何時《いつ》になったのじや」

尼御前は座ったまま、今にも頼綱の肩にぶつかりそうなほど身を乗り出した。

「今夜にございます」

低いながらも、頼綱の声にはいつにも増して、張りがあった。

「それはまことか」

「偽りを申してどうなりましょう」

「いや、そなたを信じぬというのではない。あまりに喜ばしいことゆえ、確かめたまでじゃ」

「ご安心くださいませ。憎っくき日蓮も、もう間もなくこの世の者ではなくなります」

「仏敵であり、御政道までも乱した極悪人じゃ。一定《いちじょう》地獄へと真っ逆《さか》さまに堕《お》ちていきましょうな。それにしても、こたびのそなたの働きは見事でした。この尼、心から礼を申し上げますぞ」

尼御前は、嬉《うれ》しそうに頼綱の両手を握った。

「まことにもったいなきお言葉。この頼綱の働きなどは取るに足らぬもの。ただ、御《ご》前《ぜん》様をはじめとする心ある方々の、日蓮を斬《き》れとの正論を、執権様以下、評定衆《ひょうじょうしゅう》、引《ひき》付《つけ》衆のお歴々に訴え申しただけに過ぎませぬ」

「いやいや、仮にそうだとしても、それだけでも大したもの。こたびのことで、この尼は、ようく分かりましたぞえ」

「と申しますと」

「我が得宗家にとって一番の忠義者は頼綱、そなたじゃということが、よう分かったということです」

尼御前は頼綱の顔をまじまじと見つめながら言った。握った両手は依然としてそのままである。

「もったいないお言葉にございます。されば、この後も執権様のおんため、得宗家のおんため、この身のすべてを捧げてご奉公つかまつる所存にございます」

頼綱はそう言うと、尼御前の手からやんわりとほどいた両手を床につき、平身低頭《へいしんていとう》した。

「よう言うた。さればじゃ」

尼御前はここでいったん言葉を切ると、軽くせき払いした。

「たしかそなたの女房は懐妊《かいにん》中であったな。いつ頃生まれるのかえ」

「ただいま臨月にございますれば、間もなく」

尼御前は、それを聞いて喜色《きしょく》を浮かべ、言葉を続けた。

「それはちょうどよい。今懐妊中の時宗の子が和子《わこ》だった場合には、そなたの家に預けるよう進言いたそう」

「ははぁーっ、ありがたき幸せ。そうなればこの頼綱、身命を賭《と》してあい務めまする」

頼綱は、床に頭をつけるほど、さらに深々と平伏した。

この当時、高貴な身分に生まれた男子には、しかるべき乳母《めのと》がつき、その家で養育されるという習慣があった。たとえば源頼朝の長男で、二代将軍となった頼家《よりいえ》は、乳母である比企家で育った。そのため当主である比企能員《ひきよしかず》をはじめ比企一族は大変な権勢を振るったが、北条一族と対立し、結局滅ぼされている。

もし執権時宗に嫡子《ちゃくし》が生まれた場合、その乳母となることは、一族の繁栄を約束されたようなものである。生まれてくる子は尼御前にとっては内孫であるから、乳母を誰にするかについては、その意向が最も強い影響力を持つ。頼綱が強硬に日蓮の斬首を主張したのは、日蓮に対する個人的な感情もあっただろうが、日蓮を憎む尼御前の意を汲《く》んでこれに取り入ろうとする気持ちもあったであろう。さらに勘《かん》ぐれば、たまたま自分の妻が妊娠中であるという幸運な巡り合わせ（乳母は自分の乳で養育するから、自らも出産して間もない身でなければならない）を生かして、嫡子誕生の際に乳母の大役に推薦《すいせん》してもらおうという下心が、あるいはあったかもしれない。

実際、この時生まれたのは後に九代執権となる貞時《さだとき》で、頼綱夫人が乳母となっている。弘安七年（一二八四）に時宗が死ぬと、若年の執権貞時を擁《よう》する頼綱は急速に台頭し、時宗夫人の実家で御家人筆頭と目された安達泰盛と、その権勢を二分するほどになった。

かつて二代将軍頼家《よりいえ》の時代には、母の実家である北条氏と、乳母である比企家とが権勢を争い、実家方の北条氏が勝利を収めた。しかし、九代執権貞時の時代には、乳母である平氏が母の実家である安達氏を滅ぼした。安達泰盛を滅ぼしてからの平左衛門尉は、独裁的ともいえる権力を振るったが、やがて成人した執権貞時はこれに危機感を募《つの》らせ、結局彼を誅殺《ちゅうさつ》することになる。


子《ね》の刻（午前零時）近く、日蓮は北条宣時邸の一室で、薄暗い灯火《とうか》の下に法華経の巻物をほどいて読んでいた。一緒に連行された弟子たちはすでに別室で休んでいる。

「御聖人様」

襖《ふすま》の向こうから日蓮を呼ぶ声がした。

「まだお休みになられないのですか」

声の主は日興であった。彼はいったん床に入ったものの、日蓮の身が案じられて眠れず、そっと様子をうかがいに来ていたのだった。

「伯耆房《ほうきぼう》か。入って参れ」

日蓮に呼ばれて、日興は静かに襖を開け、部屋の隅に正座した。

「日蓮は間もなく首を斬《き》られるでありましょう。迎えが参った時、高いびきをかいていたのでは見苦しいと思い、こうして起きていたのです」

淡々とした口調で日蓮が言った。

「幕府の決定は佐渡への流罪《るざい》。まさか首まで召すとは考えられませぬ。お身体《からだ》に障りますゆえ、もうお休みになられた方が……」

「いやいや、佐渡流罪とは表向きのこと。一定《いちじょう》、今夜のうちに日蓮を首斬らんとしておりましょう」

「まさか、そのような……」

「さきほど、武士《もののふ》たちが具足《ぐそく》をつけている気配がしました。この家の者たちの多くも、まだ起きております」

「それは……」

と言ったきり、日興は絶句した。彼もまた、邸内の侍たちが起きているのを知っていた。時折話し声などが聞こえてくることに一抹《いちまつ》の不安を感じてもいた。しかし、それは大事な預かり人に万一のことがないよう、寝ずの警護をするためだろうと思っていた。いや、そう思いたかった。

「この首を」

日蓮は右手で手刀を作って、自らの右首にあてがった。

「今夜、法華経のおんために捧げることになりましょう。まことに喜ばしい限りです」

静かに、しかし力強く、日蓮が言った。

日興は物言わず、ただ床に両手をついて、深く頭《こうべ》を垂《た》れた。

『何と偉大なお方なのだ。我が身の危難も、法華経のおんためとて莞爾《かんじ》として受け止めていらっしゃる。この方こそまことの仏、大聖人にてあらせられる……』

日興は、この瞬間、日蓮の巨大さをまざまざと感じていた。そして、何があろうとも、日蓮についていこうと決意していた。

宣時の家来たちが日蓮の部屋の襖《ふすま》を開けたのは、日蓮にうながされて日興が自室に戻って間もなくのことだった。

「日蓮殿、かかる夜分にご無礼とは存ずるが、上意によってさる所へお連れせねばならぬ。お支度していただきたい」

侍頭《さむらいがしら》とおぼしき男が丁重《ていちょう》に言った。烏帽子《えぼし》に胴丸《どうまる》を着し、手に長刀を構えた侍数人がその後に立っている。

「お待ち申しておりました。お役目ご苦労に存じます」

「……」

日蓮が泰然《たいぜん》と彼らを待ち受けていた様子に、侍頭はしばし絶句した。

「向かう先は竜の口ですかな」

日蓮が静かに尋《たず》ねた。

「……い、いや、……竜の口などではござらぬ。御房《ごぼう》はどうしてそう思われるのだ」

侍頭は、どぎまぎしながら聞き返した。

「されば、上意とはこの日蓮の首をはねよとのことかと存ずる。貴公らの、その物々しいいでたちを見て、確信いたした」

「こ、これは、依智《えち》の本間六郎左衛門《ほんまろくろうざえもん》様のもとへ御房をお連れするための警護にて、首をはねるためのいでたちではござらぬ」

侍頭がむきになって弁解した。

「お隠しあるな。かかる深夜に密《ひそ》かに連れ出すは、首をはねるためとは童子にも分かる道理。されど、心配召されるな。この日蓮、すでに腹は決まっており申す。貴公らに煩《わずら》いはかけ申さぬ。恨みにも思わぬ。それどころか、法華経のおんためにこの日蓮が首を捧《ささ》げるのをお手伝いいただくのですから、厚く礼を申しましょう。日蓮の果報《かほう》の一分は、貴公らにも配当《はぶ》かれることになりましょう」

そう言うと、日蓮はすっくと立ち上がった。その端然《たんぜん》としたさまに、居並ぶ侍たちは底知れぬ威厳《いげん》を感じて立ちすくんだ。

「……御房がどうとられようと、それは勝手だが、……いずれにしても、速《すこ》やかにご同道願おう」

侍頭は強《し》いて言葉に威厳を持たせようと、低く、ゆっくりした口調で、日蓮をうながした。

宣時邸の門前には、十人ほどの侍と二頭の馬が待機していた。

「日蓮殿、こちらに乗られよ」

侍頭は二頭のうちの一頭に乗るよう日蓮をうながし、騎乗するのを確認してから、自身もう一頭の馬にまたがった。

「皆の者、参る」

先頭の侍頭に続いて、二人の侍に両の轡《くつわ》をとられた日蓮の馬が続いた。その後ろには、松明《たいまつ》を掲げた徒歩《かち》立ちの侍らと、日蓮の弟子らが続いた。高弟の日朗らは荒らされた草庵《そうあん》を整備して日蓮が帰還する時に備えるため、夕刻に松葉ケ谷に戻っており、この時、日蓮に随行していたのは、日興および高弟の三位房日行《さんみぼうにちぎょう》のほか、甲斐公日持《かいにちじ》ら比較的若い門下数人と、熊王《くまおい》という少年であった。

馬上の日蓮は、悠然として馬上に揺られていたが、侍たちも日蓮門下の僧たちも、皆物言わず、うなだれるようにして歩いた。

月は依然として雲間に隠れ、漆黒《しっこく》に近い闇《やみ》の中を、ただ松明の炎だけが赤々と揺らぎながら、若宮小路《わかみやこうじ》へと進んでいった。

「しばし馬を止められよ」

突然の日蓮の声に一同がぎくっとして足を止めた。声はさほどの大きさではなかったのだが、闇夜《やみよ》の中で誰も彼もが寡黙《かもく》の時間を歩いていたので、それは闇を切り裂《さ》くような大音声《だいおんじょう》と聞きまがうばかりの音となって響いたのである。

日蓮は、一同が立ちすくんだのにもまるで頓着《とんちゃく》するふうもなく、薄墨《うすずみ》の袈裟《けさ》をひらりとさせて馬から降りた。

「日蓮殿、いかがなされた」

右の轡《くつわ》をとっていた侍が、慌《あわ》てて問いかけた。同時にまわりに小さなどよめきが起こった。

「各々《おのおの》騒がせ給うな。別のことはなし。八幡大菩薩《はちまんだいぼさつ》に最後に申すべきことあり」

そう言いながら、日蓮はすたすたと脇道へ歩いていった。そこはちょうど、鶴岡八幡宮《つるがおかはちまんぐう》の参道で、日蓮の向かった先には、この神宮の二の鳥居《とりい》が、夜目《やめ》にも赤くそびえ立っていた。

「いったい、何をするつもりだ」

「八幡様に命乞《ご》いか」

侍たちは、日蓮の後ろ姿を見やりながら、ささやきあった。そのざわめきを気にもせず、日蓮は鳥居の前まで進んでいくと、右手を高々と差し上げ、鳥居の向こうの闇を指差しながら、ひときわ大きな声で語り出した。

「いかに八幡大菩薩はまことの神か」

この大高声に、侍らのざわめきが一瞬にして止まった。そして、次なる日蓮の言葉を固唾《かたず》を呑《の》んで待った。

「今日蓮は日本第一の法華経の行者なり。その上身に一分のあやまちなし。日本国の一切衆生を救わんがために申す法門《ほうもん》なり。また大蒙古《もうこ》国よりこの国を攻むるならば、天照太神《てんしょうだいじん》、正八幡とても安穏におわすべきか。各々法華経の行者を守護すべき由御誓《ごせい》状《じょう》を立てられたうえは、急ぎ急ぎ宿願を遂げさせ給うべきではないか。いかにこの処《ところ》にはおちあいなさらぬのか」

日蓮の口上が朗々として力強く若宮小路に響き渡ると、侍たちは再びざわめき出した。

「おい、あれはいったい何を言っているのだ」

「どうも命乞いをしているようではないな」

「何やら八幡様を叱《しか》りつけておるような」

「まさか、叱《しか》っているという法はあるまい。それにしても、声の響きの強いことよ」

「いや、あれはたしかに八幡大菩薩を叱っておるのだ。なぜ、早く現れて自分を守護せぬのか、とな」

「早く現れて守れとは、日蓮は気がふれたのではないか」

「よく見ろ、あれが気がふれた者の態度か。実に堂々としたものではないか」

「いかにも。八幡大菩薩をまるで従者か何かのように思っている。ひょっとして、あの日蓮という僧侶……」

「ひょっとして何だ」

「い、いや……、何にせよ、これから首をはねられに参るというのに、何とあっぱれな姿ではないか」

「……」

侍たちが再び沈黙した時、日蓮の長い口上は八幡大菩薩への激しい叱責《しっせき》でしめくくられた。

「この日蓮、今夜首を斬られて霊山浄土《りょうぜんじょうど》へ参ったならば、天照太神、正八幡こそ誓約に違背《いはい》した神であると、教主釈尊に御報告申し上げるであろう。痛しと思うならば、急ぎ急ぎ御計らいあるべし」

言い終わった日蓮は、くるりと回れ右をして侍たちの方へ戻った。松明《たいまつ》に照らされたその顔は、怖《こわ》いとも、柔和とも言えない、実に淡々としたものであった。

八幡神とは、第十五代応神《おうじん》天皇を祀《まつ》ったものである。『古事記』『日本書紀』等によれば、応神天皇には年長の異母兄弟がいて、大王位を狙《ねら》って挙兵するが、当時朝鮮半島への遠征から戻って九州にいた母である神功《じんぐう》皇后がその内乱を鎮圧《ちんあつ》し、以後摂政《せっしょう》として長く政治の実権を握った。その死後、皇太子であった応神が大王位に就いている。

応神天皇とそれに続く仁徳《にんとく》天皇の時代は、古墳時代の最盛期に当たっていて、この両者の陵墓《りょうぼ》は世界最大級（面積で仁徳天皇陵、体積で応神天皇陵が日本最大の古墳）である。古代大和《やまと》王権がこの頃、相当強大なものになったことが容易に想像されるが、こうした経緯《けいい》から、応神天皇＝八幡神は武神としても崇《あが》められ、源頼朝は鎌倉に八幡宮の分社を建立《こんりゅう》したのであった。

平安時代以降、仏教の興隆に対応して、日本古来の神々を仏教の体系の中に位置づけようとする動きが、仏教、神道の双方に現れ、いわゆる神仏習合という考え方がさかんになった。その代表的なものが、本地垂迹《すいじゃく》説で、これには、本来仏や菩薩であったもの（本地）が、日本に神となって現れた（垂迹）とする「仏本神迹論」と、逆に本地である神が仏や菩薩として垂迹したとする「神本仏迹論《ぶっしゃく》」がある。

仏教の立場では、皇室の祖先神とされる天照大神《あまてらすおおみかみ》やこの八幡神は、法華経安楽行品第十四において、法華経を行ずる者を守護すると誓約した諸天善神の列に加えられ、天照太神《てんしょうだいじん》、八幡大菩薩と称される。後に日蓮が顕《あらわ》した曼陀羅《まんだら》には、仏や菩薩をはじめとする十界の衆生の中に、この二者が諸天善神として並んでいる。

八幡神のように、日本古来の神々のなかには実在の人物を祀ったものが少なくない。有名なところでは、菅原道真《みちざね》は天神《てんじん》様となり、豊臣秀吉は豊国大明神、徳川家康は東《とう》照大権現《しょうだいごんげん》として祀られた。そういうところから、日本で神とされたのは、ほとんどが実在した人物ではなかろうかという考え方が、江戸時代の学者のなかにもあった。

ここで日蓮が八幡大菩薩と一緒に叱りつけている天照大神《あまてらすおおみかみ》は、戦前の国家神道では最高神とされたものだが、これに関しては、明治時代に哲学者の和辻哲郎《わつじてつろう》が、『魏志倭人伝《ぎしわじんでん》』で有名な邪馬台国《やまたいこく》の女王卑弥呼《ひみこ》の神話化したものではないかという説を唱えている。この説は現在も受け継がれ、天照大神の別名「日霊女」が、「ひみこ」と読むことができることや、どちらにも鏡にかかわるエピソードが残されているといったような諸点から、近年では女王卑弥呼に関するかなり有力な説となっている。

ただ、いずれにしても、皇室の祖先を祀った神に対し、日蓮は法華経の行者という立場から、なぜ約束どおり守護に現れないのかと叱りつけたわけで、この日蓮の行為を見ていた武士たちにとっては、まさに驚天動地《きょうてんどうち》の振る舞いと映ったに違いない。

『日蓮という僧侶は、皇室の祖先神に命令を下すほどに偉いのか。我らは、そんな者の首をこれからはねようとしているのか……』

侍たちの中に、言い知れぬ虞《おそ》れと不安が広がりつつあった。

一行は、再び寡黙《かもく》な行進を続けた。やがて、由比ヶ浜《ゆいがはま》の潮騒《しおさい》だけが、かすかな音を奏《かな》ではじめた。

ひかりもの

鬱蒼《うっそう》と茂った木々が両脇《りょうわき》から覆《おお》いかぶさるように迫っていた。

松明《たいまつ》を掲《かか》げた一団は、ただ黙々と進んだ。

「ふう」

先頭の侍頭が、思わずため息を漏《も》らして左手を見やると、続く侍たちも皆いっせいに、左手の眼下《がんか》を眺《なが》めやった。樹木の間から切れ切れではあったが、漆黒《しっこく》の海にかすかに白く泡《あわ》立つさざ波が目に飛び込んできた。

それは、由比ヶ浜が近づき、いよいよ日蓮の処刑の時が近いことを、嫌《いや》でも彼らに知らせる光景であった。一行の緊張は、いよいよ高まっていく。

「しばし」

突然、日蓮が声を発した。

「今度は何だ」

「まさか極楽寺にもの申すと言うのではなかろうな」

「いや、あり得るぞ」

日蓮の声で思わず立ち止まった侍たちが、小声でささやきあった。ちょうど御霊《ごりょう》神社のあたりで、この先、極楽寺の切り通しと呼ばれる坂を上っていくと、極楽寺の門前を通ることになる。

侍たちは、事の経緯《けいい》を詳しくは知らないとしても、先立っての祈雨《きう》の折に、良観と日蓮との間に激しいやりとりのあったことは鎌倉中に知れ渡っていたし、今回の日蓮に対する処分も、ふたりの確執が少なからず原因となっているらしいことは、噂《うわさ》などでそれとなく浸透《しんとう》していた。八幡大菩薩でさえ叱《しか》りつけるくらいだから、宿敵ともいうべき良観の極楽寺が近づいた今、日蓮が何か意表をついた行動に出るのではないかと侍たちが想像したのは無理もないことであった。

「別の子細があるわけではありません。ただ知らせておきたい人がいるので、ちょっと使いを出したいだけです」

日蓮が、侍たちの不安感を見透《みす》かしていたかのように、柔和《にゅうわ》な表情で一同を見渡すと、その様子に一同はほっと胸をなでおろした。ここでひと騒動起こされたのではたまらないところであった。しかし、今度は、日蓮が知らせたい人物とはいったい誰なのか、気がかりになってくる。

日蓮は、彼につき従っていた熊王を呼び、何事かささやいた。熊王は馬上の日蓮に一礼すると、すぐ先の小路を右に曲がり、暗闇《くらやみ》の中を駆けていった。

日蓮らの一行は間もなく、極楽寺の切り通しを、ほとんど縦一列となって上っていった。やがて坂の頂上にさしかかり、右側の暗闇に、極楽寺の仁王《におう》門がぼんやりと浮かび上がってくると、侍たちに再び緊張感が走った。日蓮がまた何か始めるのではないか、そう思うだけで、気が気ではなかったのである。

ところが、案に相違して日蓮は馬を止めないどころか、極楽寺の方には一瞥《いちべつ》もくれず、ただ淡々と馬上で揺られているだけであった。柔和な表情にも、かすかの変化すら感じられない。侍たちは、さっきまでの心配とは裏腹に、端然《たんぜん》とした日蓮の態度にかすかな感動さえ覚えていた。

坂を下り切った辺《あた》りに、一本の見事な松が、黒々とした闇の中に佇《たたず》むかのように立っていた。

「なかなか優美《ゆうび》な姿ではありませんか。ご一同、この辺りでひと休みされてはいかがかな」

日蓮の言葉に、一行は素直に従った。騎馬《きば》の侍頭は下馬し、徒歩《かち》立ちの侍たちも、まわりの木に長刀を立てかけて休んだ。それは、日蓮がこれからその首をはねようとする罪人であることを、あたかも皆、忘れてしまったかのような光景であった。

日蓮は薄墨の袈裟《けさ》を脱ぎ、松の枝にかけてその根方に腰を下ろした。それを見た侍たちの中には、烏帽子《えぼし》や胴丸を脱いでくつろぐ者もあった。

「……さまあ……」

風に乗って、かすかな叫び声のような音が一行の耳に届いた。

「御聖人さまあ……」

声は極楽寺の坂の上の方から、次第に近づいてきた。何者かが日蓮を追ってやってきたのだ。侍たちに、大きな緊張が走った。声の主はどうやら一人らしいが、日蓮を奪還《だっかん》しようとする狼藉者《ろうぜき》かもしれぬ。すでに何人かは刀に手をかけていた。

「御聖人様、御聖人様はいずこにおわす」

松明《たいまつ》を目印に坂を駆け下ってきた男は、一行を認めると、大声で日蓮の所在を尋《たず》ねた。見れば六尺（約一八二センチ）はあろうかという大男である。刀に手をかけた侍たちは、その姿を見て後ずさった。

「やあ、金吾殿。よう参られました」

日蓮が松の根方から立ち上がって男に声をかけた。この大男は四条金吾頼基《よりもと》であった。

「御聖人様、これはいかがしたことにございますか」

金吾は日蓮のもとへ駆け寄ると、片膝《かたひざ》を地につけながら尋《たず》ねた。彼は裸足であった。熊王の知らせを聞いて彼は、とるものも取りあえず、大小の刀だけを持って、一目散《いちもくさん》に日蓮の後を追ってきたのであった。

「法華経のおんために、首を斬《き》られに参るところです」

日蓮が涼《すず》やかに答えた。

「む、無体《むたい》な……」

金吾は立ち上がると、遠巻きに様子をうかがっていた侍たちの方に二、三歩近寄っていった。それを見た侍たちは、刀に手をやりながら、じりっと後ずさった。

「それがしは江間家の家臣、四条中務《なかつかさ》三郎左衛門尉頼基、日蓮聖人のご門下に加えていただいておる者にござる。これなる日蓮聖人は、この日本国の一切衆生を救わんがためにご出現あそばされた、尊き御仏《みほとけ》にあらせられる。万民がひとしく仰ぎ見るべきを、今その首をはねようとは、あまりに恐れ多いことではないか。貴公らには分からぬのか!」

金吾の大喝《だいかつ》に、侍たちは震え上がった。江間家の四条頼基の名は、血気の武士にて無類の喧嘩《けんか》好きという評判とともに、鎌倉中に知れ渡っていたのである。

「それがし共は、佐渡守《さどのかみ》北条宣時が家臣にして、今幕府よりのご命令にて、日蓮殿を護送いたしおるところにござる。江間家の四条殿とやら、我らの役目を妨《さまた》げようとなさるなら、それは幕府に弓を引くということになり申すぞ。その事ご承知のうえか」

侍頭は、さすがに重責を任《まか》せられているという責任感から、この場を一歩も引くわけにはいかないとの決意で、四条金吾にあい対した。

「頼基っ、頼基っ……」

金吾と侍頭が対峙《たいじ》した刹那《せつな》、また坂を駆け下ってくる者たちがあった。金吾の兄頼《より》隆《たか》とふたりの弟であった。十二日は彼らの母の月命日に当たっていたため、兄弟が金吾の邸に集まっていたのだが、深夜「一大事じゃ！」という声とともに飛び出していった金吾を、わけも分からず追いかけてきたのであった。

「よ、頼基、いったいいかがいたしたのじゃ。この騒ぎは」

頼隆は息を切らしながら、金吾に尋ねた。三人の新手の出現に、侍たちはいっそう緊張し、刀を抜き払って構える者すらあった。

「金吾殿、金吾殿っ！」

日蓮が、恐ろしい形相《ぎょうそう》で立ちつくしている金吾に呼びかけた。

「相変わらず腹悪《はらあ》しき（気の短い）御仁《ごじん》じゃ」

日蓮は笑っていた。

「あなたに来ていただいたのは、騒動を起こすためではありませぬ。この日蓮が霊山へ参るのを見とどけていただくためなのです」

日蓮は金吾にそう言うと、侍たちの方を向いた。

「方々、この者たちは狼藉《ろうぜき》者ではありませぬ。しばし申し聞かせることがありますので、物騒なものは収めて、しばしの間ご休息召されよ」

日蓮は、侍頭以下の者たちにそう言うと、再び松の根方に腰を下ろした。金吾ら四人の兄弟は、日蓮に促《うなが》されてそのまわりに膝をついて座った。

「今夜首を斬られにまかるのは、日蓮がこの数年が間、願ってまいったことなのです」

金吾が何事か口をはさもうとしたが、言葉にはならなかった。

「思えばこの娑婆《しゃば》世界にきじとなって生まれた時は鷹《たか》に捕まれ、ねずみとなって生まれた時には猫に食らわれてきたのです。あるいは人と生まれても妻子の仇に身を失いしことは大地微塵《みじん》よりも多く、法華経のおんためには一度たりとも命を失うことはありませんでした。さればこの度、日蓮は貧道《ひんどう》の身と生まれて、父母の孝養《こうよう》心に足らず、国の恩を報ずべき力もありませなんだが、今首をば法華経に奉《たてまつ》るならば、その功徳《くどく》を父母に回向《えこう》することもできましょうし、その余りは、弟子檀那《だんな》等へ配当《はぶ》くこともできましょう。よって、今夜はこの日蓮にとってまことにめでたき門出と申し上げておるのです」

諄々《じゅんじゅん》と諭《さと》すが如《ごと》き日蓮の言葉に、金吾ら兄弟はただただ頭をうなだれ、震える手で地面の砂や雑草を摑《つか》むばかりであった。

「日蓮が法華経のために身を捨てるならば、この相州の片瀬《かたせ》竜の口こそは常寂光土《じょうじゃっこうど》にて、相模守殿と平左衛門尉は得難き善知識と申せましょう。これなる方々が今、日蓮の首をはねんとするは、ひとつには幕府の命令によって止《や》むを得ぬ仕儀《しぎ》とも見えますが、実には逆縁によって将来成仏《じょうぶつ》せんがための果報を受けんとするものなのです。されば、金吾殿、いかなる人々をも恨んではなりませぬ。笑って日蓮の門出《かどで》を見送ってくだされ」

いつしか金吾は、日蓮の両手を自《みず》らの頭に押しいただくようにして、むせび泣いていた。頼隆と二人の弟たちも、ただ無言で肩を震わせ続けていた。

初めこそ警戒しつつ、遠巻きにこの様子をうかがっていた宣時配下の侍たちは、次第に金縛《かなしば》りにあったように、日蓮の一語一語に聞き入っていった。

——何という高邁《こうまん》な心か。今、死に臨んで、それを門出と言い切り、仇であるべきお上《かみ》や我らの誰も恨んではならぬと諭し、むしろ善知識《ぜんちしき》よとたたえてさえいる。かくも気高《けだか》い僧など見たこともない。こんなお人を、お上の命令とは申せ、なぜ我らは斬《き》らねばならぬのだ。斬れるのか、仏にも等しきこの日蓮聖人を、我らは本当に斬れるのか——。

皆、口には出さないが、日蓮を斬首《ざんしゅ》に処さねばならぬという、邸を発《た》つ以前から感じていた理不尽《りふじん》さを、今この場の全員がより強くはっきりと感じていた。その思いは、一行を率《ひき》いる侍頭も同様であったが、さりとて、幕府の決定を今さら覆《くつがえ》すことなど、彼の立場として到底《とうてい》できることではない。侍頭は、鳥肌の立つような感動を強《し》いて押し殺しながら、日蓮に出立《しゅったつ》を促《うなが》した。

「お手間をとらせ申した。いざ参らん」

日蓮が、そう言いながら馬のところへ歩いていくと、侍たちは直立したまま、思わず日蓮に向かって「ははっ」と一礼して、それぞれ配置についた。

金吾ら四人は、ふたりずつ日蓮の馬の左右に分かれてそれぞれ手綱《たづな》を握りしめ、重い足をひきずるようにして歩き出した。金吾の足からは、血が滲《にじ》み出していたが、彼はこの時、痛みに対しては全《まった》く感覚を失っていたのである。

潮騒《しおさい》がひときわ大きくなるとともに、闇夜《やみよ》に影絵のような江ノ島がうっすらと浮かび上がった。一行は七里《しちり》ヶ浜《がはま》の海岸沿いを西へ西へと進み、ついに竜の口の刑場に到着した。時刻はすでに丑《うし》の刻（午前二時）を回っている。

「あのあたりのようですね」

馬上から日蓮が指差した。前方にかがり火が見え、それを取り巻くように、人馬の姿が現れた。

「た、……ただ今にございます、……るか……」

金吾が、握りしめた手綱に顔を埋めるようにしながら、呻《うめ》くような声を発した。

「不覚《ふかく》の殿ばらかな……」

日蓮がそれを見て、ぽつりと言った。

「え？」

溢《あふ》れる涙を拭《ぬぐ》いもせず、金吾が馬上の日蓮を見上げた。

「これほどの慶《よろこ》びを、なぜ泣くのです。笑いなされ。いったい金吾殿ともあろうお方が、約束をどうして違《たが》えられるのですか」

「約束、ですか」

金吾が、振り絞《しぼ》るような涙声で問い返した。

「泣いてはならぬと、あれほど申したではありませぬか」

「ご、御聖人が……」

金吾の声は、ほとんど嗚咽《おえつ》であった。

「御聖人が、く、首斬られるならば……、こ、この金吾も……、生きてはおりませぬ！　見事、腹をば切って、後を追いましょう、ぞ」

金吾はようやくこれだけ言うと、涙でぐちゃぐちゃになった顔を、努《つと》めて引き締めた。

「殿は、幾つになられましたかな」

日蓮がゆっくりとした口調で尋《たず》ねた。

「え？」

金吾がきょとんとした表情で聞き返した。

「四十二でございますが……」

こんな時にどうして年など尋ねるのか怪訝《けげん》に思いながら、金吾が答えた。

「殿には四十二でようやく授《さず》かった月満御前という可愛《かわい》い娘がおりましょう。愛《いと》しい女房もおれば、殿を慕《した》う郎党《ろうとう》もおりましょう。その者たちを捨《す》てて、今無駄《むだ》に命を捨てようなどとは、詮《せん》なきことを申すものではない」

金吾をきっと睨《にら》んだ日蓮の口調は、厳しかった。

「詮なきこととおっしゃいますか……。む、無駄に命を捨てるなとおっしゃいますか……。この頼基は腹悪しき未熟者ではありますが、御聖人の後を追って法華経の行者に殉《じゅん》じようというのです。御聖人も常々おっしゃっているではありませんか。妻子を思い、所領を顧《かえり》みることなかれ、と。ここで見事、腹かっさばくならば、我が妻とて、あっぱれ法華経のために命を捨てたる夫よと、褒《ほ》めてくれましょう。月満も大きくなれば、この父の気持ちを必ずや分かってくれるはず。我が郎党たちとて、恨《うら》みには思いますまい。あっぱれ男よと……」

言いながら、金吾は万感《ばんかん》胸に迫り、嗚咽に喉《のど》をつまらせた。

「金吾殿、思い違いをしてはなりませぬ。殿には生きて果たすべき役目がまだまだあり申す。この日蓮の後を追うことが、法華経のために命を捨てることではありません。殿にとって、まだその時ではないのです。必ず生きて、なすべきことをなして後、霊《りよう》山《ぜん》にて再び会いましょうぞ」

日蓮はおだやかな表情に戻って、金吾を諭《さと》した。

「……ただし、ただ今の金吾殿の言葉は、この身に滲《し》み申した。霊山に参りて教主釈尊にお目通りした暁《あかつき》には、何よりまず、金吾殿のお覚悟、しかとお伝え申そう」

日蓮はそう言うなり、自《みずか》らひらりと馬を下り、すたすたとかがり火の方に向かって歩いていくと、待機していた得宗家の侍たちのちょうどまん中あたりの砂地に正座した。

「南無妙法蓮華経、南無妙法蓮華経、南無妙法蓮華経」

日蓮は懐中から数珠《じゆず》を取り出すと、朗々《ろうろう》とした声で、題目を三遍唱えた。得宗家の侍たちはその声を聞いて、ぎょっとして数歩ばかり飛び退《の》き、やや遠巻きに日蓮を取り囲んだ。

やがて、処刑人と思《おぼ》しき男がひとり、脇から太刀《たち》を抜き放ち、かがり火の側《そば》にあった桶《おけ》の水を柄杓《ひしやく》で掬《すく》い上げて、刀に垂《た》らしていった。

日蓮は静かに唱題を続けていた。やや離れて日興以下の弟子たちも、静かに唱和していった。四条金吾は、今はこれまでと思い定め、脇差《わきざし》を鞘《さや》ごと引き抜いて、目の前の砂地に置いた。日蓮に制止されたにもかかわらず、やはり彼は追い腹を切るつもりなのである。

「う、うわっ！」

突然、誰からともなく叫び声が上がった。

「こ、これは……」

瞬《また》く間に侍たちの間に動揺《どうよう》が広がった。見れば江ノ島の方角が急に明るくなり、一条の光が辰巳《たつみ》（東南）から戌亥《いぬい》（西北）に向かって、夜空を切り裂《さ》くように駆けていく。闇夜《やみよ》で何も見えなかったはずのあたり一面が、月夜のように映《は》え、人々の面《おもて》をくっきりと浮かび上がらせていた。

いったい何事が起こったのか、誰にも何も分からなかった。しかし、この突然の明転に、侍たちは度胆《どぎも》を抜かれ、恐慌《きょうこう》をきたしていた。刀を洗っていた処刑人はあわてて刀を投げ捨て、何やらうわ言のようなものをつぶやきながら、陸地の側へと走っていく。つられて走る者、その場にうずくまる者、いつの間にか顔を出した月に向かって合掌《がっしょう》する者、さまざまであった。なかに何人かの者は、端座して唱題を続ける日蓮の方に向かって両手を合わせ、「南無妙法蓮華経」と唱えだす。

『仏様だ……』

彼らは胸中につぶやいた。

侍頭は馬上にあったが、眩《まぶ》しさに目がくらみ、そのまましばらくうずくまっていた。

『いったい何が……、もしやこれこそが、諸天の加護《かご》と申すものなのか。やはり御聖人様は、日本第一の法華経の行者であった。天が守ったのだ。御聖人の首を斬らせてなるものかと、諸天善神が現れたのだ！』

金吾は、全身の震えを止めることができなかった。

日蓮が頸《くび》の座に臨んだ刹那《せつな》、それは起こった。しかし、この時いったい何が起こったのかについては、いくつかのことが言われている。「月のごとく・ひかりたる物まりのやうにて辰巳《たつみ》のかたより戌亥《いぬい》のかたへ・ひかりわたる」(「種種《しゅじゅ》御振舞《おふるまい》御書」日蓮大聖人御書全集九一四ページ)という日蓮の記述からすると、一番考えられるのは、流星《りゅうせい》(隕石の飛来)であろう。月の表面には無数のクレーターがびっしり並んでいるが、あれはすべて隕石《いんせき》の衝突によってできたものである。地球にも当然、太古《たいこ》以来現在に至るまで、おびただしい数の隕石や小天体が飛来しているが、大気によって、その多くは、地表に到達する前に燃え尽きてしまう。しかし、なかにはかなり大きな小天体が、燃え尽きずに地表に衝突することもあり、風化されたとはいえ、地球にも多くのクレーターが存在する。

今から約六千五百万年前、中生代《ちゅうせいだい》の最後に、それまで栄えていた恐竜をはじめとする多数の生物を絶滅に追いやったのは、直径十キロほどの、巨大隕石（と言うよりは小惑星《わくせい》）の激突だったという説が、今日かなり有力視されているが、それほどの巨大なものでなくても、隕石が民家を直撃したり、山火事を起こしたりといった例は、現代でも時々報告されている。

もっとも、日蓮の書簡等以外の同時代史料には、この出来事が全《まつた》く記載されていないことから、ひかりものの話は創作ではないかという説も根強い。ただ、深夜に起こったということと、地上ではなく海に衝突した可能性を考慮《こうりよ》すれば、たとえ巨大隕石の衝突があったとしても、目撃者が少なく、痕跡《こんせき》もなかったために、他に記されなかっただけとも考えられる。

稲光《いなびかり》ではないかという説もあるが、日蓮の記《しる》すところからすると、明らかに違う。また、稲光程度のことならそれほど珍《めずら》しいことではないし、大の侍たちが右往左往するほどのことはなかったのではなかろうか。

もっとも、竜の口に臨んだ侍たちの心境を推測すれば、僧侶の首を斬るなどというのは、全く気の進まぬものであったろうし、後の祟《たた》りを恐れる気持ちも強かったに違いない。「幽霊《ゆうれい》の正体見たり枯《か》れ尾花《おばな》」と言うように、ほんのささいなことにでも飛び上がってしまうような下地は十分あったかもしれない。ましてや、松葉ヶ谷の草庵《そうあん》を襲撃された折と言い、竜の口で頸《くび》の座に臨《のぞ》んだ折と言い、この日この時々の日蓮のあまりに堂々たる姿に接してしまった侍たちにとってみれば、たとえ何の自然現象が起きなくても、日蓮の処刑を断行し得たかどうか、大いに疑問である。たとえば、今まで雲間に隠れていた月が束《つか》の間《ま》顔をのぞかせただけでも、彼らは飛び上がって肝《きも》をつぶしたかもしれない。

ただ、いずれにしても、幕府が断行しようとした日蓮の処刑は、現実として失敗に終わったという歴史は厳然《げんぜん》としている。

ひかりものは消えたが、十二夜の月はあたり一帯を煌々《こうこう》と照らしていた。

「いかに殿ばら！」

日蓮は立ち上がって、侍たちに呼びかけた。が、砂浜にうずくまったまま、誰も応ずる気配はない。

「かかる大罪人より遠のくとはいかなることぞ。近く打ちよれや」

日蓮の大音声《だいおんじょう》は、武士たちの耳に確実に届いた。しかし、彼らはただただ、恐れをなして、声すら発することができない。

「いかに夜あけなば見苦しからん。急ぎ打ちよって、疾《と》く首をばはねられよっ」

日蓮の声に応《こた》えるものは、ただ波の音だけであった。

「疾く首をはねよ！」

両手を広げて立ち、江ノ島の方角に向かって叫ぶ日蓮の声は、この場の者たちには、天をも揺り動かさんばかりの、大音声のように思えた。

やがて、日蓮の首を斬れずに終わった得宗家と北条宣時配下の武士たちは、その善《ぜん》後策《ごさく》についてそれぞれの主君に伺《うかが》いを立てるべく馬を飛ばした。

執権《しっけん》時宗が報《しら》せを聞いて起き上がったのは、まだ夜が明けきらぬうちであった。彼は布団の上でしばし黙考《もっこう》していたが、決断は早かった。

『なかったことにするしかあるまい……』

東の空がわずかに白みかけた頃、平左衛門尉が目通りを求めてきた。彼は斬首《ざんしゅ》に失敗したことを郎党から聞かされるなり、

「たわけが！」

と一声叫び、郎党を蹴倒《けたお》して一目散に時宗邸に馬を飛ばしてきたのだった。

平左衛門尉は当然のように、斬首のやり直しを願い出た。今度は自分が立ち会って、確実に日蓮を斬ってみせる、とも言った。

しかし、時宗はそれを強く制止した。

「何故《なにゆえ》にございますか」

平左衛門尉は容易に引き下がらない。が、時宗は北条宣時の立場を第一に慮《おもんぱか》っていた。もし処刑をやり直せば、幕府が正式に日蓮を斬ろうとして一度は失敗した、と

いう事実が公《おおやけ》となる恐れがある。幕府の権威にかけて、そうした風評が立つことは避けねばならない。さりとて、事態を放置しておけば、宣時の責任を追及する声があがろう。日蓮を密《ひそ》かに斬首しようとしたことは、北条政村、金沢実時、安達泰盛ら幕府首脳が知っているが、彼らだけなら、宣時を責めはしないだろう。しかし、事が大きくなれば、この失態の責任は誰かが負わねばならなくなる。したがって、幕府の威信《いしん》と宣時を守るためには、斬首しようとした事実自体をなかったものとする以外にない。

こうした時宗の判断に、平左衛門尉が不承不承《ふしょうぶしょう》納得したところへ、その宣時が駆けつけてきた。彼は、この不首尾の責めを一身に負う覚悟で、時宗の前に平伏した。悲《ひ》壮《そう》な面持《おもも》ちの宣時に向かって、しかしながら執権時宗はやさしく言葉をかけた。

「宣時殿、このところ忙しくされていたようだから、熱海へでも湯治《とうじ》へ行かれてはいかがかな」

「は?」

時宗の意外な言葉に、宣時はしばらく絶句した。

「善は急げと申す。宣時殿、今からすぐにも旅立たれよ」
自分の窮地《きゅうち》を救うために、今度の騒動をなかったことにしようとしている……、宣時は時宗の恩情に深々と頭《こうべ》を垂《た》れた。

日蓮は結局、宣時の家臣である相模国依智の本間六郎左衛門のところへ護送された。昼頃に本間邸に到着すると、日蓮は酒を取り寄せて武士たちにふるまった。やがて武士たちは誰彼《だれかれ》となく、日蓮に対して平伏し、今日限り念仏を捨てると言い出す者が続出した。日蓮の堂々たる振る舞いとひかりものの奇跡を見てきた彼らにとっては、それは至極《しごく》当たり前の成りゆきのように思えたのである。

こうして竜の口法難《ほうなん》の一日は終わったが、日蓮に対する弾圧・迫害が終わったわけではなかった。時宗の指示によって日蓮の身の安全は一応保証されたものの、この後しばらく、鎌倉では不審火《ふしんび》や殺人などの事件が相次ぎ、それが日蓮一派の仕業《しわざ》だと喧《けん》伝《でん》する者が現れたのである。もちろん、それは日蓮一門をさらなる窮地《きゅうち》に陥《おとしい》れんとする者たちによる、卑劣《ひれつ》な謀略《ぼうりゃく》であった。そのため、日朗らの長足や信徒が捕らえられるという事態となり、やがて一月近くも難航していた日蓮の処分も、佐渡への流罪《るざい》と決した。

「日蓮といゐし者は去年《こぞ》九月十二日子丑《ねうし》の時に頸はねられぬ、此れは魂魄《こんぱく》・佐土の国にいたりて（後略）」（日蓮大聖人御書全集二二三ページ）

これは竜の口の法難の翌年に著《あらわ》された『開目抄《かいもくしょう》』の一節である。

斬首寸前という極限状況に置かれた時、日蓮が何を思ったのかは、もとより我々凡《ぼん》夫《ぷ》の想像を絶するものであり、ただ、その泰然自若《たいぜんじじゃく》たる姿から、死を賭《と》して正法正義を貫《つらぬ》こうとする峻烈《しゅんれつ》な覚悟と、その死を乗り越えてなお、法門の完成を目指《めざ》して茨《いばら》の道を突き進もうとする、広大無辺《こうだいむへん》の境地の一端に思いを馳《は》せるのみである。

あとがき

私はかつて、信仰に燃える鎌倉武士を主人公とした劇画『四条金吾』『南条時光』（ともに第三文明社）の原作を書かせていただいたことがあった。その時、このふたりが信仰の対象として敬愛してやまない日蓮という偉大な宗教者について、劇画でも歴史小説でもよい、何らかの形で、いつの日か描いてみたいと思うようになった。

日蓮という人物は、もの心ついた頃から、私にとって特別な存在であった。四条金吾や南条時光のように、日蓮と同時代に生きて、直接その姿や教えに接したわけではないが、信仰の対象として、また特別に尊敬する人物として、その存在は常に念頭を離れることはなかった。

もっとも、日蓮に対してそうした思いを抱く人は多い。日蓮を教祖や宗祖、あるいはは信仰上の特別な存在と仰ぐ教団は無数にある。宗教人口ということで言えば、日蓮は恐らく、日本でもっとも多く、かつ熱烈に信仰されている人だろう。

みずからの未熟・非才をかえりみず、そのような巨大な人物を描こうとは、まことに僭越《せんえつ》の極みであることはもとより自覚しているが、広大無辺な日蓮の境涯の、たとえ一端になりとも触れてみたいという思いから、今回あえてこの作品に挑戦させていただいた。読者の方々からのご批判、ご叱責等々は、もとより甘受させていただく覚悟である。

日蓮をめぐる史的事実や鎌倉幕府の内情、当時の世相など、特に歴史考証的な面では、東洋哲学研究所の小林正博氏にご指導いただいた。また、本書の執筆および刊行に当たって、多くの方々より激励と貴重な助言等をいただいたことに対し、この場をお借りして心から感謝申し上げる次第である。

二〇〇四年　九月　　　　　　　　鏑矢光和

ドキュメント日蓮《にちれん》　竜《たつ》の口法難《くちほうなん》の一日《いちにち》

2004年11月18日　初版第1刷発行

著　者　鏑矢《かぶらや》光和《こうわ》
発行者　松岡佑吉
発行所　株式会社　第三文明社
東京都新宿区本塩町11-1　郵便番号　160-0003
電話番号　編集代表 03(5269)7154
営業代表 03(5269)7145
振替口座　00150-3-117823
URL　http://www.daisanbunmei.co.jp
印刷所　明和印刷株式会社
製本所　株式会社　星共社

ISBN4-476-06196-6